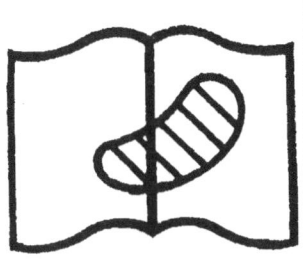

Illisibilité partielle

Début d'une série de documents
en couleur

COUVERTURES SUPERIEURE ET INFERIEURE D'IMPRIMEUR

302

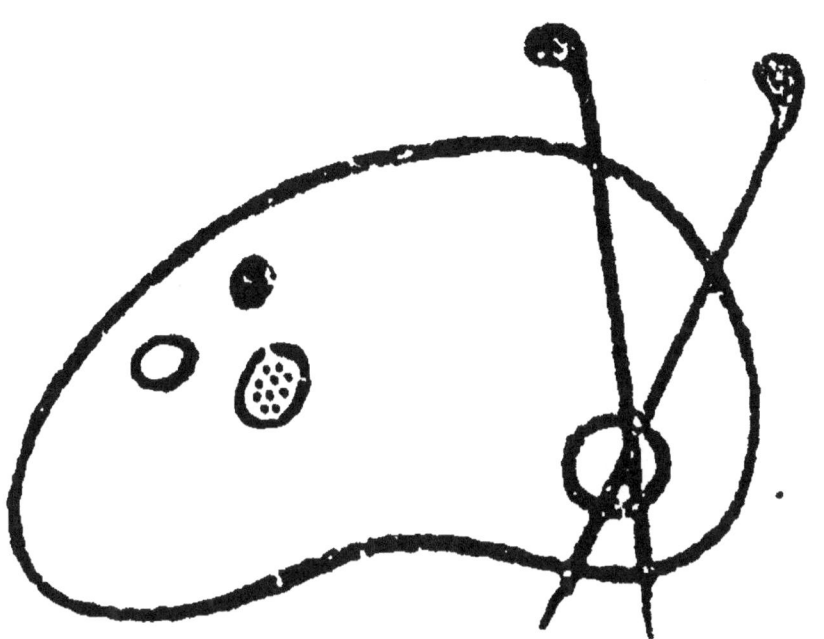

Fin d'une série de documents
en couleur

LETTRES
DE DEUX COUSINS

1re SÉRIE IN-12.

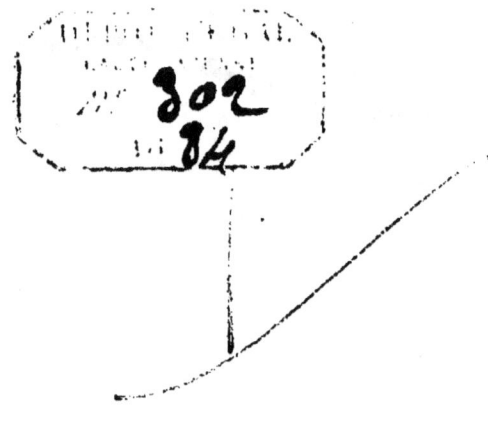

LETTRES

DE

DEUX COUSINS

PAR

JEAN GRANGE

LIMOGES

EUGÈNE ARDANT ET Cⁱᵉ, ÉDITEURS.

LETTRES

DE DEUX COUSINS

Paul Saunier à Joseph Roberjeot

La Roche-Grêlée, 23 juin 1870.

Mon cher cousin,

Je vois bien qu'il faut que je te demande de tes nouvelles si je veux en avoir. Est-ce que Paris t'aurait déjà fait oublier le cousin Saunier? L'air de nos campagnes est moins funeste à l'amitié. Quoique ton départ ne date que de trois mois, il me semble qu'il y a un an et plus que tu m'as dit adieu. Sérieusement, cousin, tu me manques beaucoup. Je crois que mon père s'en est aperçu et que ma tristesse et mon désœuvrement ont été pour quelque chose dans la conversation que nous avons eue ensemble il y a un mois et dans ses conséquences.

— Paul, me dit le père Roberjeot, sais-tu combien le petit Joliet me demande pour entrer à la ferme en qualité de valet de charrue ?

— Il vous demande cinq cents francs, répondis-je.

— Il m'en demande six, mon garçon. Avec la nourriture, c'est une pièce de mille francs que ce domestique nous coûterait. Un joli denier, comme tu vois et qui écornerait notablement nos bénéfices. Jusque-là tu n'as guère mis la main à la charrue, à la faux et à la faucille qu'en amateur; tu auras pourtant dix-neuf ans aux premières prunes. Ne penses tu pas qu'il serait temps de prendre le travail au sérieux ? Parce qu'on est resté en pension jusqu'à dix-sept ans et qu'on a eu les prix de style et d'histoire, ce n'est pas une raison pour mépriser l'agriculture.

— Mais, mon père, répondis-je un peu piqué, je ne la méprise pas du tout, l'agriculture.

— Sans doute, sans doute, répondit-il, et la preuve, c'est que depuis que tu t'en occupes, le jardin est beaucoup mieux tenu qu'auparavant. M. l'instituteur en a fait hier compliment sur tes dahlias et tes rhododendrons. Les légumes et les fruits ont gagné aussi sous ta bêche et ta serpette. Mais vois-tu, Paul, il y a là un délassement plutôt qu'un travail. Le jardin d'une ferme comme la nôtre doit être fait à ses moments perdus, après la journée finie, ou quand le bétail mange et repose. Les céréales et les fourrages, voilà l'essentiel, et, tu avoueras entre nous, que tu ne t'en es guère occupé jusqu'ici. Tâte-toi, il est temps encore d'être employé de commerce, clerc de notaire, instituteur, etc. Malgré mes cinquante-huit ans, j'espère pouvoir conduire la ferme jusqu'au mariage de ta sœur. J'avais rêvé de te voir me succéder ; mais les rêves sont des rêves. On doit aimer ses enfants pour eux et non pour soi. Je tâcherai de m'accoutumer à vivre avec un gendre ; ce ne doit pas être la même chose qu'avec un fils. Qu'y faire ? il faut vouloir ce que le bon Dieu veut.

A ces mots, les larmes me vinrent aux yeux.

— Père, dis-je, remerciez le petit Joliet : nous pourrons faire sans lui.

Dès le lendemain je me mis sérieusement à l'ouvrage et je m'en trouve bien. Après une pleine journée de travail des champs, je trouve bon tout ce que je mange et je dors les poings fermés. Les mains sont un peu calleuses et le teint hâlé : la belle affaire ? avec un bout de toilette, il n'y paraît pas le dimanche. Et puis, sans parler de mon père, je fais tant de plaisir à ma mère et à ma sœur. Les chères créatures mourraient de peur de me voir les quitter pour Bourges ou pour Paris. Il n'y a pas de cajoleries et de friandises qu'elles n'imaginent afin de me témoigner leur joie et leur reconnaissance. Jusqu'à Nanon notre vieille servante qui m'a dit :

— Maître Paul, vous avez raison d'aider votre père et de vous apprendre à conduire la ferme : mieux vaut être le premier paysan de sa commune qu'un bourgeois manqué et un homme de plume comme il y en a tant au jour d'aujourd'hui.

Hier soir j'ai trouvé ton petit frère qui portait à la poste une lettre à ton adresse ; je ne te donnerai donc pas des nouvelles de ta famille. D'autre part il n'y a pas grand'chose dans la paroisse qui puisse t'intéresser beaucoup. Les Lenoir ont acheté six mille francs le clos de Pierre Marquet :

c'est payer cher deux hectares de mauvais terrain. Tu te rappelles la grande Louise qui nous amusait tant au catéchisme par ses naïvetés ? elle a quitté sa coiffe pour un bonnet à fleurs et à rubans. Tout le monde trouve qu'elle en paraît deux fois plus laide et plus sotte. Elle seule ne s'en doute pas et est de toutes les foires et de toutes les frairies pour montrer son bonnet. Le gros Raymond est mort subitement. On l'a trouvé sans vie, la tête dans son assiette, en face de deux bouteilles qu'il venait de vider. C'est lui qui avait décidé le conseil municipal de la Roche-Grêlée à refuser de voter le traitement d'un vicaire. M. le curé avait fait remarquer qu'à soixante et dix-sept ans il lui devenait difficile de rester à jeun trois ou quatre fois par semaine, sans compter le dimanche, à cause des messes d'enterrements et de mariages. A quoi le gros Raymond répondit judicieusement qu'il fallait que les curés donnassent l'exemple de la mortification qu'ils prêchaient aux autres.

La mort de ce bon apôtre a laissé vacant un siège au conseil municipal. Deux candidats se sont présentés. M. Des Barres, lieutenant-colonel du génie en retraite et Baptiste Jollivet, son ancien brosseur, devenu, grâce aux bontés de son maître, un paysan fort à l'aise. C'est Baptiste qui a été nommé. Les mauvaises langues prétendent qu'il ne sait pas écrire; mais c'est faux. Lorsqu'il n'est pas gris, il signe en s'appliquant :

Bas tis te Joli vé concelier municipales. On a bien raison de dire que l'instruction mène à tout.

Nous conduisîmes à la dernière foire de Sainte-Catherine deux bœufs gras dont nous trouvâmes huit cents francs. Je conseillai à mon père de ne pas les donner à ce prix. Le conseil était bon puisque huit jours plus tard on est venu nous les payer à l'étable neuf cent trente francs. Mon père m'a donné cent francs. C'est une grosse somme pour les menus-plaisirs d'un campagnard. J'ai entendu dire que les employés de commerce gagnaient très peu en débutant. Si tu as besoin d'argent, ne te gêne pas : mes cinq louis d'or sont à ta disposition.

Post-scriptum. — J'allais oublier une chose essentielle. Tu as dû rencontrer à Paris Paul Rozier qui était commis dans un magasin. Il est ici depuis huit jours, un peu plus fat et un peu plus menteur qu'avant son séjour dans la capitale. Ayant appris qu'il faisait courir des bruits malveillants sur ton compte, je suis allé dimanche dernier au café *des Trois-Billards* d'où Rozier ne bouge pas. J'y étais à peine depuis un quart d'heure qu'il s'est mis à te tailler un habit. Il a prétendu que tu faisais parti d'un cercle catholique, autrement dit d'une société de jésuites et de cléricaux qui, sous prétexte de religion, font de la politique et travaillent à ramener les rentes, les dîmes, les corvées de l'ancien régime.

A quoi j'ai répondu en regardant Rozier bien en face qu'il en avait menti et que si mon cousin et ami Joseph Roberjeot faisait partie d'une société quelconque, ladite société ne devait compter que des honnêtes gens, de bons chrétiens et des amis du peuple. Il a baissé la tête et n'a rien répliqué. Ecris-moi ce qu'est au juste ce cercle catholique afin que je puisse clore le bec encore mieux à Rozier, au cas où il recommencerait ses calomnies.

J'attends promptement une lettre aussi longue que la mienne, dans laquelle tu me diras comment tu es logé, nourri, quels sont tes occupations, tes plaisirs et n'oublie pas aussi de me parler des églises de Paris, du Louvre, des musées, du bois de Boulogne et du Jardin des Plantes. Ma mère, mon père et ma sœur te font mille amitiés.

Ton cousin dévoué,

Paul SAUNIER.

Joseph Roberjeot à Paul Saunier

Paris, 25 juin 1876

Mon cher cousin,

Tu m'excuserais de ne pas t'avoir écrit le premier si tu savais le peu de loisirs que j'ai eus depuis que je suis à Paris. Je travaille comme un nègre qui travaillerait comme un forçat. De six heures du matin à dix heures du soir je suis debout. Debout est le terme propre, car je ne m'assieds que pour manger. Les bras agissent autant que les jambes : mon occupation consistant à ployer et à déployer des ballots de marchandises. Il faut y mettre beaucoup de bonne volonté pour saisir la différence qui existe entre un domestique et un employé de commerce à son début. Peu de domestiques par exemple sont aussi mal couchés que moi. Croirais-tu que depuis trois mois je dors sur un matelas de l'épaisseur de la main que je place le soir sur le comptoir et que j'enlève le lendemain. En trois coups de poings mon lit est fait. Cette installation cessera à l'arrivée d'un nouveau commis, ce qui peut se faire attendre encore plusieurs mois. Je coucherai alors dans une chambre, une petite pièce contenant un lit de fer, deux chaises, une malle et située au septième étage, c'est-à-dire séparée du rez-de-chaussée par 120 marches. Tu vois que c'est juste le double de l'escalier du clocher de l'église de la Roche-Grêlée. Juge si on doit être essoufflé en arrivant là-haut. Aussi y monte-je le plus rarement possible. Avant hier j'ai emprunté un mouchoir à un camarade, ne me sentant pas le courage d'en aller chercher un dans ma malle. Il faut douze minutes pour faire le trajet et une absence de douze minutes est notée et vous attire des reproches.

Au moins, penses-tu, on est dédommagé par la vue dont on jouit. Ah bien! oui, parlons-en de la vue; elle est si jolie! ma fenêtre en tabatière s'ouvre sur les toits et donne sur une cour intérieure. Il faut se pencher jusqu'à mi-corps pour apercevoir le pavé noir et humide, et renverser la tête en arrière pour distinguer un morceau de ciel dont vingt cheminées, coiffées de tuyaux de toutes les formes vous dérobent l'aspect. A cette hauteur, mes voisins cultivent sur les rebords des croisées et jusque sur les toits, des haricots, des liserons, des capucines, des pois de senteur et autres plantes grimpantes. J'ai cru d'abord que cette verdure était artificielle, c'est-à-dire faite de papier peint et de fil d'archal tant elle est pâle et souffreteuse; ce n'est qu'en les voyant arroser par mes voisins et voisines que j'ai compris que j'avais devant moi des feuilles et des fleurs naturelles.

Ce qui m'étonne le plus, c'est la mauvaise odeur qui me suit jusqu'au septième étage. Ordinairement la pureté de l'atmosphère est en proportion de la hauteur à laquelle on s'élève; ici point. Une odeur de graillon et de miroton s'exhale des fenêtres, sort des cheminées, suinte des murs, qui vous remplit les narines et vous prend à la gorge. Pouah ! Les campagnards sont bien ingrats de ne pas apprécier mieux la pureté de l'air dans laquelle ils se baignent constamment.

La nourriture est à l'avenant. Sauf le pain qui est excellent et dont on mange trop, tout le reste est mauvais, même leur éternel beefteak aux pommes de terre qu'ils finiront par manger tout crû et sans même le passer par le feu. Moi qui n'ai jamais été sur ma bouche, je rêve la nuit des fricassées de poulet et des omelettes de la Roche-Grêlée. Et le lait ! et le vin ! De vrais produits chimiques où la vache et la vigne ne sont pour rien ou presque rien. On a tort de dire de deux personnes ou de deux choses qu'elles se ressemblent comme deux gouttes d'eau : je t'assure qu'il y a une différence joliment sensible entre l'eau de nos sources et le liquide filtré et clarifié qui remplit leurs carafes.

La conclusion c'est que Paris n'est la terre promise que pour ceux qui sont riches; les travailleurs y souffrent des privations fort dures. Aussi le rêve de tout Parisien est-il d'aller planter ses choux à la campagne à la fin de sa carrière. Ils travaillent trente ans et plus de leur vie pour pouvoir un jour boire du vrai vin, du vrai lait et manger à discrétion des pêches qui ne coûtent pas soixante et quinze centimes la pièce. Il faut les entendre bâtir leurs châteaux en Espagne !

Quant aux églises, aux monuments, aux musées, aux jardins publics, il faut pour les voir d'un peu près et en détail beaucoup de loisirs et pas mal d'argent. J'ai employé de mon mieux la demi-journée de congé que j'ai tous les quinze ours ; mais je compte que de ce train-là au moins quinze ans seraient nécessaires pour permettre de voir ce qui mérite d'être vu à Paris. Et puis, mon cher cousin, il y a des choses que ni toi ni moi ne pouvons apprécier faute d'instruction. Je suis sorti tout ahuri du musée du Louvre me perdant dans les écoles Italienne, Française, Flamande et Espagnole. Il n'y a qu'un artiste ou un connaisseur qui puisse distinguer un Raphaël d'un Murillo. Parlez-moi d'un beau lever de soleil, d'un doux clair de lune, d'une sereine soirée d'automne pour vous donner dans les yeux et vous aller tout droit à l'âme.

Merci, cher cousin, de la façon si cordiale avec laquelle tu m'ouvres ta bourse. Sois sûr que j'y puiserai en cas de besoin. Pour le moment mon porte-monnaie est garni. Je suis au pair, c'est à-dire que mon patron me nourrit et me loge en échange de mon travail. Les trente francs que mon père m'adresse régulièrement chaque mois suffisent à mon entretien et à mes menus plaisirs. Entre nous, un des moyens les plus simples d'éviter certaines tentations de la capitale, c'est de n'avoir pas de quoi les payer. Donc, économise et fais fructifier ton argent jusqu'au jour où j'aurai besoin de cent mille francs pour monter des affaires à mon compte.

En voilà assez. Il est onze heures passées et je

dors debout, sans compter que je viole le règlement de la maison qui ordonne d'éteindre le gaz
à dix heures. Le gaz est b'en éteint; mais j'ai
allumé une bougie et si le sous-chef l'apercevait
il me tancerait d'importance. Cet aimable homme
ne me supporte pas parce que je vais à la messe
le dimanche et que je n'émaille pas mes conversations de jurons et de blasphèmes A ma prochaine lettre d'autres détails. Ecris-moi en attendant et ne t'impatiente plus si la réponse se fait
attendre : tu sais maintenant que le retard ne
viendra pas d'une diminution d'amitié. Quoique
j'aie écrit hier à mon père, vois-le et dis-lui que
ma santé est toujours excellente.. Mes sentiments
les plus respectueux à tes parents.

Ton cousin dévoué,

Joseph ROBERJEOT.

Paul Saunier à Joseph Roberjeot

La Roche-Grêle, 4 juillet 1876.

Mon cher cousin,

Depuis huit jours, nous sommes en pleine fenaison. Le premier coup de faux a été donné jeudi
dernier dans la grande prairie des Ribierres. Tu
te souviens bien de la prairie des Ribierres? En
avons-nous fait là des cabrioles sur des meules de
foins fraîchement coupés ! En avons-nous détruit
des nids de perdrix et de merles ! Et les écrevisses
du ruisseau, et les grenouilles de la mare ! Nous

étions donc, lundi dernier, dix faucheurs dans la prairie des Ribierres, mon père en tête, moi le dernier de la file. Avant de donner le premier coup de faux, mon père fit le signe de la croix ; tous les faucheurs l'imitèrent, à l'exception du petit Coutisson, un jeune penseur en herbe (sans calembour). La chose valait la peine d'implorer la protection de Dieu. La prairie des Ribierres donne en moyenne mille quintaux de foin qu'il n'est pas indifférent du tout de récolter par la pluie ou le beau temps. Comme le jeune Coutisson, qu'il pleuve ou qu'il vente, touchera toujours les trois francs de sa journée, il s'est dispensé de faire le signe de la croix ; histoire de vexer le bon Dieu et le patron.

Il était quatre heures du matin lorsque nous entrâmes dans la prairie. Le soleil se levait juste en ce moment, répandant une teinte rosée sur les bois des Echaloux. A la chaleur qu'il avait fait la veille, à l'état du ciel, il était visible que la journée serait brûlante. La tête couverte d'un large chapeau de paille, en manche de chemise, enfouis jusqu'à mi-jambe dans l'herbe et la rosée, nous jouissions avec délices de cette bonne fraîcheur matinale. Sur les arbres voisins les merles, les rossignols, les pinsons et les fauvettes s'égosillaient.

Lorsque la rosée commença à disparaître, les faneuses arrivèrent avec leurs fourches et leurs rateaux de bois. Alors les rires et les joyeux propos éclatèrent.

— Père Saunier, dit Coutisson, si je chantais deux ou trois couplets, hein ?

— Chante, mon garçon, répondit mon père, si le cœur t'en dis ; mais attention à l'honnêteté. Je me défie de vos nouvelles chansons venues de Paris.

Il est difficile de chanter en fauchant ; aussi Coutisson ne tarda t-il guère à arriver à la fin de sa chanson. J'étais le plus faible et le moins adroit des faucheurs ; aussi mon père m'avait-il placé à côté de Nicolas, notre vieux domestique. Le bonhomme me ménageait. Plus d'une fois il lui arriva de ralentir le mouvement de sa faux pour ne pas me laisser en arrière. Un peu piqué, je fis des efforts pour suivre Nicolas et même le pousser.

« Maître Paul, me dit le vieux faucheur, avec son bon et honnête sourire, l'herbe est drue, la faux lourde, la journée longue ; vous avez dix-neuf ans et moi soixante, ménageons-nous un peu. Il n'y a pas de honte à nous laisser dépasser par les hommes de trente et de quarante ans.

Il s'arrêta, appuya à terre le manche de sa faux et se mit à en aiguiser la lame, en disant :

« Vous voyez cette prairie, maître Paul, où nous sommes aujourd'hui dix faucheurs, et que nous mettrons trois jours à abattre ? Il y a trente ans, feu votre grand père (dont Dieu ait l'âme) et moi nous l'avons rasée du lundi matin au samedi soir de la même semaine. Un exploit dont il fut parlé dans tout le canton. Votre grand-père y gagna une pleurésie, et je ne fus pas moins malade. On ne doit pas tenter Dieu ; l'homme, voyez-vous, maître Paul, n'a qu'une mesure de forces, et il faut que la raison gouverne le courage.

Vers dix heures, la sueur m'inondait, et la faux, si légère au début, était devenue lourde ; j'allais m'arrêter lorsque le jeune Coutisson tourna la tête de mon côté et me regarda avec un air narquois qui voulait dire :

— Quelle mazette !

Le dépit me rendit des forces et j'atteignis l'heure de la soupe. Mais avec quelle satisfaction j'entendis ma sœur crier, du seuil de notre maison, en se faisant un porte-voix de ses deux menottes :

— Ohé ! les faucheurs, ohé ! ohé ! les faneuses, ohé ! à la soupe.

Je te réponds que nul ne se fit répéter l'invitation. Faux, fourches et rateaux tombèrent à terre comme les fusils d'un régiment auquel le colonel crie :

— Déposez armes !

On mangea avec l'ardeur qu'on avait mise à travailler. Jamais les riches et les oisifs n'auront cet appétit, et c'est heureux : ils engraisseraient trop et affameraient les travailleurs.

Après le déjeuner, les faucheurs s'assirent dans la grange et s'occupèrent à rendre le fil à leurs faux ébréchées. Cette opération prit une bonne demi-heure, et il était près de midi lorsque nous nous levâmes pour retourner à la prairie. Le soleil dardait des rayons de plomb fondu ; il ne faisait pas assez de vent pour remuer une paille. Quoique bien las, j'allais suivre les camarades lorsque mon père me fit signe de rester ;

— Petit, dit-il, ne bouge pas, et dors une heure ou deux.

— Mais, père..., répondis-je.

— Pas d'observation, dit il, et qu'on m'obéisse ; j'ai assez sué et peiné pour que mon fils puisse se reposer un peu lorsqu'il en a besoin.

Je me laissai persuader, et, m'allongeant sur les bottes de paille de la grange, je me mis à dormir en plein jour et au plus fort du travail, comme un rentier et un millionnaire.

Je continuai les jours suivants à faire une heure de sieste. Malgré cet allègement, j'étais moulu le samedi soir, et il était temps que le dimanche arrivât. Vois-tu, cousin Joseph, ceux qui ne veulent pas que le travailleur se repose le septième jour n'ont pas fauché toute la semaine ; sans quoi ils parleraient autrement. Le paysan n'est ni de fer ni de bois : il faut qu'il s'arrête. Les violateurs du repos dominical sont pour l'ordinaire des traînards et des lambins. Si le temps qu'ils perdent le lundi, le mardi, le mercredi, le jeudi, le vendredi et le samedi était mis bout à bout, on en ferait une journée plus longue que celle du dimanche. Outre qu'ils offensent Dieu, les maîtres et les patrons qui font travailler le dimanche n'entendent pas leur véritable intérêt.

Pour moi, après être allé à la messe, avoir promené ma sœur sur le mail, lu le journal que m'a prêté M. l'instituteur et écrit à mon cousin Joseph, je me sens rafraîchi, reposé et prêt à reprendre demain lundi la faux ou la charrue.

Tu as oublié de me parler de ce fameux cercle catholique et jésuitique auquel tu serais affilié. Rozier continue de mal parler de toi à ce sujet. Je lui donnerais bien un second démenti, mais il me faut des explications ; donne-les-moi, je te prie, dans ta prochaine lettre. On ne doit pas mépriser les calomniateurs. Rien ne se perd à la Roche-Grêlée des paroles dites en bien ou en mal sur le compte de quelqu'un. Je ne veux pas lorsque tu reviendras ici, que les honnêtes gens te fassent froide mine à cause des propos de ce Rozier.

Tu trouveras ma lettre bien campagnarde Quelle idée d'aller parler de foin et de fenaison à un Parisien! Que veux-tu? Chacun parle de ce qu'il voit et de ce qu'il sait. Les amis me chargent de les rappeler à ton souvenir, particulièrement Léveillé, Patinot, Robertin et cet écervelé de Mauduit. Il s'est vanté que tu lui avais promis de lui écrire. Tâche de le dégoûter de Paris; il tourmente ses parents pour qu'ils l'y laissent aller. Les Mauduit refusent et ils n'ont pas tort. Si leur fils trouve moyen de faire sauter les pièces de cent sous à La Roche-Grêlée, que ne ferait-il pas à Paris!

Ton cousin dévoué,

PAUL SAUNIER.

Joseph Roberjeot à Paul Saunier

Paris, 9 juillet 1876.

Mon cher cousin,

Pendant que vous récoltiez vos foins nous faisions notre inventaire. Dix jours durant nous avons retiré des rayons, déployé, mesuré, inscrit, reployé et remis dans les rayons trois mille pièces ou coupons de draps, de soieries, d'indienne, de toile, etc. Au bout du quatrième jour j'étais brisé, et mes os perçant le matelas reposaient sur le comptoir.

— Brunier, dis-je à un ancien employé qui me montrait quelque bienveillance, je désirerais vous demander un conseil.

— Parfaitement, répond't-il.

— Un conseil confidentiel et qui restera entre vous et moi.

— Parfaitement.

Il faut te dire que parfaitement est le fond de la langue des Parisiens et un adverbe qu'ils emploient à chaque instant.

Je continuai :

— Il m'est impossible de dormir tant je suis mal couché, surtout à la suite des fatigues extraordinaires de l'inventaire. J'ai envie de demander au patron de me laisser passer la nuit dans ma chambre.

— Gardez-vous-en bien, répliqua Brunier, vous n'obtiendriez pas cette autorisation et vous vous feriez un mauvais point. Imitez plutôt vos devanciers qui couchaient de temps en temps hors du magasin sans en avertir le patron. Avec quelques précautions c'est facile.

— Merci, répondis-je à Brunier, je réfléchirai.

Mes réflexions furent courtes. Il me répugnait extrêmement de sortir du magasin de mon patron en cachette et comme un homme qui commet une mauvaise action. Nécessité rend ingénieux. Au moyen de quelques pièces de molleton je diminuai la dureté de mon matelas et j'augmentai la quantité d'air respirable en ouvrant un vasistas habituellement fermé. Ces précautions me permirent de dormir mieux et par conséquent de résister à la fatigue.

Je n'étais pas le plus à plaindre. Il y avait à mes côtés un employé nommé Linois qui passait pour poitrinaire et ne cessait de tousser. Ce pauvre diable dont les parents étaient dans l'indigence et qui n'avait pas un sou d'économies, mourait de peur d'être renvoyé. Il pensait, non sans raison, que sa mauvaise mine lui fermerait la porte de tous les magasins. Il trimait donc sans se plaindre, cachant sa fatigue, et s'efforçant de tousser le moins possible. Deux ou trois fois il lui arriva de chantonner et de plaisanter au passage du patron.

Une circonstance augmentait peut-être la pitié que je ressentais pour Linois. Nous étions seuls lui et moi à ne rien espérer. Quel que fût le résultat de l'inventaire, et le patron eût-il réalisé cent mille francs de bénéfices nets, nous étions assurés de n'avoir pas un centime d'augmentation ou de gratification. Nos collègues au contraire faisaient, tout en travaillant comme des nègres, des rêves d'or. Jolivet, le premier commis, comptait voir son traitement de trois mille francs monter à trois mille quatre cents francs; Lenoir avait parié un dîner fin qu'il aurait deux cents francs de gratification. Le petit Robertin, que j'avais remplacé sur le matelas et qui gagnait huit cents francs, c'est-à-dire juste de quoi ne pas mourir de faim, se berçait de l'espoir que le patron ne lui ferait pas payer le drap d'un habillement, drap pris à crédit dans le magasin et dont il devait encore la façon au tailleur. Deux ou trois autres avaient aussi reçu en avance quelques à-compte qu'ils espéraient bien que le patron négligerait comme des détails insignifiants au milieu de la splendeur d'un gros bénéfice. Les domestiques faisaient aussi leurs petits châteaux en Espagne. Bref, à part Linois et moi tout le monde espérait quelques miettes du gâteau qui allait échoir au patron.

L'inventaire fut enfin clôturé samedi dernier,

à trois heures. A cinq, nous nous rendions, au
son de la cloche, dans le cabinet du maître.

M. Roquebœuf était couché plutôt qu'assis dans
un vaste et confortable fauteuil, que j'eusse bien
échangé pour dormir contre mon matelas. Sa main
gauche jouait avec les magnifiques breloques d'or
ciselées sur son gilet de casimir blanc; il tenait
de la droite la plume qui venait d'écrire le chiffre
définitif de l'inventaire Un ministre des finances, recevant ses subordonnés, n'a pas des façons
plus royales.

« Messieurs, dit-il, je vous ai réunis selon la
coutume de la maison. Malheureusement j'ai des
nouvelles peu agréables à vous communiquer.
L'année a été mauvaise, très mauvaise. Savez-
vous à quel chiffres s'élèvent mes bénéfices ? A zéro.
Je dis à zéro. Je le regrette pour vous presque
autant que pour moi. J'aurais été heureux de pouvoir vous donner des augmentations et des grati-
fications. Il n'y faut pas songer à mon grand
regret. Espérons que nous serons plus heureux
l'année prochaine, et pour cela redoublez d'intelligence, de zèle et d'activité. Nos intérêts sont les
mêmes, messieurs, ne l'oubliez pas. Vous avez
affaire à un patron qui se ferait scrupule de s'en-
richir sans améliorer le sort de ses chers collaborateurs. »

Là-dessus, M. Roquebœuf nous fit un de ces
signes employés en tous pays par les supérieurs
pour congédier les inférieurs.

Il fallait voir la mine des chers collaborateurs !

Nous allions sortir, lorsque le patron nous retint
d'un geste.

« J'oubliais, dit-il, quelques observations importantes. Quelques-unes d'entre vous ont acheté au magasin du drap ou autres étoffes pour vêtement ; c'est régulier, mais à la condition de payer: j'espère qu'ils le feront le plus tôt possible. D'autres, en plus grand nombre, se sont fait avancer par la caisse des à-compte sur leur traitement ; c'est un abus qui doit cesser à partir d'aujourd'hui. Plus les jeunes gens ont d'argent, plus ils en dépensent. Je vous rends un vrai service en ne vous avançant ni prêtant rien. Si des circonstances extraordinaires ne permettent pas à un d'entre vous d'attendre la fin du mois, rien n'est plus naturel que d'emprunter à un camarade. L'union fait la force et il faut s'aider les uns les autres. Vous pouvez, maintenant, messieurs, retourner à vos occupations. »

Les collaborateurs avaient la mine de plus en plus longue; mais personne ne souffla mot. On s'en dédommagea en l'absence du patron. Jamais je n'ai entendu un concert de plaintes mieux nourri et plus soutenu. M. Roquebœuf peut se vanter d'avoir été arrangé de la bonne sorte. Si jamais le feu prend à son magasin, M. Roquebœuf peut être sûr que ses quinze collaborateurs se croiseront les bras comme un seul homme, lui, sa femme, ses enfants et son portefeuille fussent-ils au foyer de l'incendie.

La conclusion pratique, c'est que me voilà condamné à coucher, pour deux ou trois mois encore sur le comptoir. Un patron qui assure que ses bénéfices se réduisent à zéro ne peut pas de sitôt augmenter son personnel.

Je voulais t'expliquer ce qu'est ce fameux cercle catholique ; ma lettre est trop longue ; ce sera pour un autre jour. Ne te tourmente pas en attendant et laisse dire Rozier. Poignées de main à tous les amis.

Ton cousin dévoué,

JOSEPH ROBERJEOT.

Joseph Roberjeot à Paul Saunier

Paris, 13 juillet 1876.

Cher cousin,

Je profite de ma soirée du dimanche pour te donner enfin quelques explications au sujet de ce fameux cercle catholique, jésuitique, clérical et politique auquel Rozier prétend que je me suis affilié. Comme il pleut à verse et qu'il est impossible de mettre le pied dehors, tu y gagneras un véritable journal.

Tu te souviens sans doute du catéchisme de persévérance de l'abbé Bourguignon ? Nous a-t-il assez parlé de la sanctification du dimanche ? La sanctification du dimanche était, pour l'excellent homme, la loi et les prophètes. Qui sanctifiait le dimanche serait sauvé malgré tout et quand même; qui ne le sanctifiait pas, avait déjà un pied dans l'enfer.

— Mon cher enfant, me dit-il, lorsque j'allai lui faire mes adieux, vous allez me faire une promesse.

— Laquelle, monsieur l'abbé ? répondis-je.

— Celle de sanctifier le dimanche à Paris comme vous le sanctifiez à X...

« Il faudra pour cela bien choisir le magasin où vous entrerez. On rencontre, paraît-il, des négociants chrétiens dans la Babylone moderne. Voici une lettre pour un prêtre de mes amis; allez la lui porter en arrivant à Paris : il vous aidera à trouver une maison qui ferme le samedi soir pour pour ne s'ouvrir que le lundi matin. »

Je remerciai l'abbé Bourguignon et pris sa lettre que malheureusement je perdis en route. Comme je n'avais pas retenu l'adresse du prêtre qui devait m'aider à trouver un patron chrétien, j'ai dû chercher tout seul cet oiseau rare.

Les trois premiers négociants auxquels je m'adressai, me déclarèrent net qu'on travaillait chez eux la semaine entière parce qu'on y mangeait tous les jours.

— Parbleu ! pensai-je, ce n'est pas la peine de venir à Paris pour entendre formuler des raisonnements de cette force.

Un autre négociant me dit qu'il avait besoin de tous ses employés le dimanche parce que c'était le jour où la clientèle abondait chez lui. En revanche il m'offrit de me laisser la libre disposition de tous les samedis.

— Vous me plaisez, me dit-il, votre physionomie me revient, il y a chez vous l'étoffe d'un bon employé, aussi ferai-je pour vous avoir un véritable sacrifice. J'ai deux employés appartenant au culte israélite, qui sanctifient le samedi. Je vous accorderai la même permission et vous laisserai cette journée pour vous reposer et remplir vos devoirs religieux.

— Mais, répondis je, monsieur, je ne suis pas juif.

— J'entends bien, dit-il, et ni moi non plus.

2

Mais les affaires sont les affaires. Je vous répète que c'est le dimanche que les clients affluent. Encore une fois contentez-vous du samedi.

Est-ce parce qu'il m'avait dit que je lui plaisais? M. Thomas m'agréait fort. J'essayai donc de l'amener à m'accorder la libre disposition du dimanche. Jamais il n'y voulut consentir.

— Les affaires sont les affaires, répondit-il, je veux pas créer un précédent dangereux. C'est vous qui êtes déraisonnable. C'est bien d'avoir de la religion, mais il ne faut pas la porter jusqu'au fanatisme. Je vous demande un peu si le repos, la prière, la messe et la promenade ne sont pas d'aussi bonnes choses le samedi que le dimanche?

Je trouvai enfin un magasin qui se fermait le dimanche. Je me hâtai d'y entrer; car mes recherches m'avaient pris trois jours et mes ressources financières ne me permettaient pas de plus longs retards.

Grande fut ma surprise lorsque le dimanche suivant je vis le magasin s'ouvrir comme à l'habitude Il ne fut fermé qu'à deux heures de l'après-midi. Mes collègues me dirent qu'il en était toujours ainsi. C'est comme cela que beaucoup de négociants parisiens comprennent le repos dominical. Je ne l'avais pas entendu de la sorte et je le dis le plus respectueusement possible à mon patron.

M. X. me reçut assez mal.

— De quoi vous plaignez-vous? dit-il; il me semble qu'il vous reste assez de temps pour entendre la messe.

Ne crois pas, cousin, que je charge ou même que j'exagère. Mon patron était persuadé que la messe se dit encore après deux heures.

Je fus tellement abasourdi que je ne trouvai pas un mot à répondre.

Le lendemain, M. X. me fit appeler dans son bureau et me dit :

— Eh bien ! monsieur Roberjeot, je me suis trompé hier. Il paraît qu'on ne dit pas la messe à deux heures de l'après-midi. C'est ma femme qui m'a appris cela. Elle est très pieuse ma femme, et connaît sa religion sur le bout du doigt. Voyons ! est ce que les choses ne pourraient pas s'arranger ? à défaut de la messe on va à vêpres. Dans les premiers mois qui suivirent notre mariage, ma femme m'y menait souvent à vêpres. C'est une cérémonie très belle, très édifiante, et qui vaut la messe pour le moins. Allons ! c'est entendu, vous resterez quand même.

Que te dirai-je ? moitié respect humain, moitié crainte de ne pas trouver mieux de longtemps, je restai chez M. X.... Par exemple je pris la ferme résolution de le quitter dès que j'aurais rencontré un magasin fermant du samedi soir au lundi matin. Je devais, en attendant, entendre la messe tous les dimanches, dussé-je me lever à quatre heures du matin.

Peut-être penses-tu que je tarde bien à te parler du cercle catholique : patience ! j'y arrive.

Il y a en face de mon magasin une crêmerie où je prends tous les matins un bol de lait qui m'aide à attendre le déjeuner un peu tardif pour mon estomac de campagnard. Mᵐᵉ Bournissoux, la maîtresse de cet établissement, est une grande et robuste auvergnate de quarante ans. Il faut la voir manier les fromages du Cantal les plus monstrueux et les plus grosses boules de beurre ! Sa probité commerciale est célèbre dans le quartier et au delà. On passe devant quatre ou cinq crémeries pour se fournir à la sienne. Quelques-uns de ses clients vont jusqu'à prétendre qu'elle vend le lait au naturel et tel que les vaches le donnent. C'est bien invraisemblable. Le lait de Mᵐᵉ Bournissoux ressemble au lait qu'on boit chez nous, à peu près comme les vins de Suresne et d'Argenteuil ressemb'ent aux vins de Bordeaux. Quoi qu'il en soit, la crémière a une telle réputation d'honnêteté que je jugeai qu'elle devait aller à la messe, et à une messe matinale, à cause de la nature de son commerce.

— Madame Bournissoux, lui dis-je un certain samedi, où allez-vous à la messe le dimanche?

— A l'église la plus voisine, me dit elle, aux Blancs-Manteaux. Vous voulez y assister vous aussi à la messe, n'est-ce pas, mon jeune monsieur?

— Précisément, madame Bournissoux.

— Pour lors, je ne vous conseillerai pas d'aller aux Blancs-Manteaux : la première messe s'y dit à une heure trop matinale pour une jeunesse qui a besoin de dormir. Allez plutôt à la chapelle du cercle catholique situé dans votre voisinage; vous y aurez une messe basse à six heures; ce qui vous permettra d'être de retour pour l'ouverture du magasin.

— Merci bien, répondis-je, madame Bournissoux, et où est-il au juste ce cercle catholique?

— Au numéro 109 de votre rue; corridor à droite; vous marchez jusqu'à ce que vous arriviez dans une cour carrée; c'est là qu'est la chapelle.

Ayant suivi le lendemain ces indications, je me trouvai dans une chapelle petite et modeste où j'entendis la messe en compagnie d'environ cinquante jeunes ouvriers et employés de commerce. J'ai continué depuis.

Outre la messe on chante les vêpres et on donne le salut du Saint-Sacrement chaque dimanche dans la chapelle du cercle. La messe est seule obligatoire. Les sermons et les prières sont remplacés par de courtes conférences appropriées à l'âge et au besoin des auditeurs. La chapelle n'est pas tout le cercle. On trouve au numéro 109 une cour avec un gymnase, des jeux de boule, de paume, etc. Il y a aussi trois salles contenant une bibliothèque, un billard et une buvette où la bière, la limonade et l'orgeat se vendent à prix coûtant et coulent à flots modérés.

Le président du cercle est un avocat en renom et le vice-président un jeune capitaine de hussards. L'aumônier que nous voyons trop rarement, cache, sous des dehors de gaieté et de bonhomie, des trésors de science et de piété. Tu ne saurais croire, mon cher cousin, combien ces messieurs sont affectueux et dévoués. Les membres du cercle sont au nombre d'environ cent cinquante ouvriers ou commis. Plusieurs gagnent de forts salaires ou touchent de bons appointements. Rien ne les empêcherait, après avoir entendu la messe de la paroisse, d'aller au cabaret ou au café. Ils viennent au cercle parce qu'ils savent qu'ils y trouveront des camarades honnêtes et chrétiens. Bénie soit Mme Bournissoux qui m'a fait connaître la maison du numéro 109!

Te souviens-tu de l'impression que nous éprouvâmes un jour qu'une longue promenade nous conduisit sur le plateau des Ventous ? A cinq lieues à la ronde nous n'apercevions ni une habitation, ni un homme, ni un arbre. Les arbrisseaux étaient rares; les oiseaux et les insectes semblaient absents de cette solitude infertile et désolée. Rien ne m'a mieux fait comprendre la steppe et le désert que cette lande immense. Eh bien ! quoique cela puisse te paraître étrange, j'ai éprouvé une impression semblable pour ne pas dire identique, en me trouvant sans parents et sans amis, au milieu de cette agglomération de deux millions d'hommes qu'on appelle Paris.

Ce sentiment de mon abandon, cette conscience de mon isolément me communiquèrent, pendant les deux premières semaines de mon séjour, une mélancolie et une tristesse que je ne m'étais jamais connues.

— Que deviendrais-tu, me disais-je, si tu tombais malade ici ? à qui aurais-tu recours si tu avais besoin d'un conseil et d'un prompt service ?

Aujourd'hui, je sais où trouver tout cela. Je me sens entouré d'une atmosphère bienveillante et protectrice. Le président, le vice-président l'aumônier, les membres du cercle pour qui j'étais hier un inconnu et un étranger, me traitent en enfant et en frère. Grâce à leurs conseils, grâce surtout à leurs exemples, je suis resté fidèle aux croyances de la religion et aux pratiques essentielles de la vie chrétienne. Ni ma foi, ni mes mœurs n'ont trop souffert du séjour de Paris.

Tel est, cher mon cousin, le cercle catholique appelé par Rozier une jésuitière et une institution politico-cléricale. Il y en a cent à Paris et plus de mille en France, différents de forme, mais semblables par le fond qui est l'esprit chrétien. Dieu seul connaît le bien opéré dans ces humbles maisons édifiées et entretenues par une charité qui ne se lasse jamais. Si la classe ouvrière peut être

arrachée aux sophistes ambitieux qui l'exploiten
el e le sera en grande partie par l'institution de
cercles catholiques.

Tu as de quoi répondre maintenant à Rozier e
aux autres.

A propos de Rozier, lorsque tu le rencontreras
fais-moi le plaisir de lui rappeler que je lui ai
prêté 25 francs, à Paris, il y a plus de trois mois.
Qu'il tâche de me faire tenir cette petite somme
par la poste ou autre voie sûre. Ce prêt qui devait
être remboursé au bout de quinze jours, a dérangé
l'équilibre de mon très modeste budget.

A ton tour, cousin, de m'écrire procha'nement
et longuement.

Mille amitiés *à tous ceux qui s'informeront* de
moi. C'est la commission que me donnait, dans sa
dernière lettre, Pierre valet de charrue du grand
Nicolas et mon frère de lait. Tu juges que cette
commission a été facile à remplir. Il n'en sera pas
ainsi, j'espère, de celle que je te donne, et il se
trouvera à la Roche-Grêlée des gens qui s'informeront de...

Ton cousin dévoué,

Joseph ROBERJEOT.

————

Paul Saunier à Joseph Roberjeot

La Roche-Grêlée, le 25 juillet 1876.

Cher cousin,

Merci de ta lettre, car c'est une lettre que tu
m'as écrite et non un journal. Pourquoi appeler

journal une lettre un peu détaillée? Continue de m'écrire de la sorte. Tu verras que je mets à profit tes missives. Commençons par le commencement. La grande Lise a épousé lundi dernier Michel Robertin. Lise a vingt ans, est pieuse et jolie ; Michel qui a vingt-six ans et un garçon honnête et laborieux ; chacun a dix mille francs de dot : c'est donc un mariage assorti. La noce a duré quatre jours et n'a pas dû coûter moins de quinze cents francs. Le lundi, les grands parents, les parents et les personnes d'âge, appartenant aux deux familles, ont dîné avec les époux. Le mardi en été, le tour des garçons et des jeunes filles. Mercredi sont venus les domestiques, servantes, bergères et dindonnières. Le dernier jour a été, comme de coutume, réservé aux pauvres de la commune. Il s'en est présenté soixante qui ont été servis par les époux, assistés du garçon et de la demoiselle d'honneur. Le vin a coulé à flots pendant ces quatre jours. Il s'est mangé un bœuf, deux veaux, six moutons et un porc gras, sans compter les poulets, oies, canards, pigeons et dindonneaux.

Tu penses sans doute que j'ai été le garçon d'honneur? Erreur, cher cousin. Cette gloire a échu à Rozier, grâce à son habit neuf à la dernière mode, et aussi, dit-on, aux flatteries qu'il a prodiguées aux mariés et à leurs familles. Ce choix a paru injuste et a fait jeter les hauts cris. Morizot, Chambertin, Nicolet, Papillon et Romainville étaient furieux. Ils parlaient de ne pas aller à la noce. J'ai eu bien de la peine à les calmer et à obtenir d'eux qu'ils ne feraient rien paraître et qu'ils ne chercheraient pas à Rozier une querelle d'Allemand. A vrai dire, j'ai regretté modérément de n'être pas garçon d'honneur. Il m'eût fallu assister aux déjeuners et dîners des quatre jours de noce, et, franchement, c'est une corvée que j'aime mieux à un autre qu'à Paul Saunier.

Tout alla bien jusqu'à mardi. Ce jour-là nous nous rendîmes neuf ou dix, après déjeuner, au café de la Paix où nous demandâmes pour nous seuls la petite salle bleue où se trouve le billard en palissandre.

Rozier n'a guère qu'un défaut mais qui en vaut mille : il se croit supérieur en toutes choses, à tout le monde.

Il est certain qu'il jouait au billard mieux que nous tous. Toi seul aurais pu lui rendre des points.

C'est ce que fit remarquer Papillon.

— Quel dommage, dit-il, que Roberjeot ne soit pas ici ! C'est lui qui t'aurait battu, Rozier !

— Bah ! répondit Rozier, Roberjeot a mieux à faire que de jouer au billard. Il sert la messe aux révérends Pères Jésuites. Et il faut voir avec quelle grâce pieuse ! Il y a chez ce garçon-là l'étoffe d'un sacristain ou d'un bedeau de cathédrale.

Voyant la tournure que prenait la conversation, e sortis sans bruit, me rendis chez moi et ne tardai pas à revenir dans la salle du café avec ta lettre dans ma poche.

Rozier continuait à parler du cercle catholique auquel tu t'étais affilié, disait-il, pour faire de la politique cléricale et réactionnaire. Outre que Rozier a de l'aplomb et du babil, son séjour à Paris, son habit neuf à la mode, son titre de garçon d'honneur lui donnaient un prestige qui en imposait à l'auditoire.

Je le laissai parler tant qu'il voulut, contenant

non indignation. Enfin, il s'arrêta à bout de propos calomnieux et de plaisanteries.

Je pris alors la parole.

— Messieurs, dis-je, si Roberjeot était de retour et entrait ici en ce moment, il aurait le droit, n'est-ce pas, de se défendre contre l'accusation portée par Rozier, et vous ne refuseriez pas de l'entendre ?

— Parbleu ! dirent à la fois Romainville et Papillon.

— Eh bien ! continuai-je en tirant ta lettre de ma poche, veuillez l'écouter, car c'est lui-même qui parle.

Et je lus ta lettre où tu me donnes des explications sur le cercle catholique.

Ah ! cousin, si tu avais vu la mine de Rozier. Ce calomniateur, ce mauvais plaisant ne savait quelle contenance garder. Il essaya de balbutier je ne sais quelles mauvaises raisons; mais les camarades lui coupèrent la parole.

— Allons donc ; allons donc ! dit Romainville, tu as tort, Rozier, et grand tort ; Roberjeot est un loyal garçon. Ne recommence plus à dire du mal de lui, autrement ça se gâterait !

— Et beaucoup ! dit Morizo'.

— Oui, dit Papillon, ne revenons plus sur ce sujet et puisque nous sommes à jouer au billard, jouons.

— Minute ! dis-je, la lettre a un *post-scriptum*.

Je lus alors le passage où tu racontes le prêt de vingt-cinq francs fait à Rozier pour quinze jours, et dont tu attends encore après trois ou quatre mois le remboursement.

Alors l'indignation des camarades éclata

—On ne calomnie pas un ami qui vous prête de l'argent.

— On paye ses dettes avant d'acheter des habits à la mode.

— C'est affreux !

— C'est indigne !

Rozier qui est l'effronterie en personne, voulut tenir tête à l'orage. Peine perdue ! Papillon leva sur sa tête sa queue du billard. Les choses allaient se gâter lorsque le maître de l'établissement, attiré par le bruit, parut dans la salle bleue et emmena Rozier plus furieux encore qu'humilié.

La leçon aurait servi à un autre. A lui point. Le même jour, à la fin du dîner ceux qui avaient de la voix chantèrent quelques couplets. Chambertin, Nicolet et Durand se distinguèrent entre tous. Six chansons furent chantées, amusantes et gaies, mais honnêtes et pouvant être entendues des jeunes filles qui étaient là.

—A mon tour, messieurs et mesdames, si vous le permettez, dit tout-à-coup Rozier, en se levant et prenant une pose prétentieuse et théâtrale.

Comme il a une assez jolie voix on fit silence.

Tu as entendu parler de Thérésa, une chanteuse des cafés-concerts qui a fait fureur dans le temps à Paris ? C'est une de ses chansons que Rozier attaqua. Les deux premiers couplets, assez drôles, firent rire ; les filles devinrent rouges au troisième, le quatrième était abominable. Le père de la mariée, Jacques Salmon, se leva, et, du haut-bout de la table, cria à Rozier :

— En voilà assez ! Gardez la suite pour les Parisiens. Il n'y a ici que d'honnêtes garçons et d'honnêtes filles qui veulent s'amuser honnêtement. Au tour de Saunier, ajouta-t-il. Voyons, garçon, chante-nous : *J'irai revoir ma Normandie* ou bien : *Adieu mon beau navire aux grands mâts pavoisés*, c'est ancien, c'est connu, mais c'est joli et honnête, tandis que les trois quarts de vos chansons nouvelles sont bêtes et malpropres.

Ce n'est pas pour me vanter, mais j'ai eu un succès dont on parlera longtemps.

Quant au garçon d'honneur, après l'affront qu'il venait de recevoir, tout le monde était d'avis qu'il ne devait plus reparaître à la noce.

Il revint le lendemain avec le même aplomb, le même appétit et la même soif. Tu verras que ce drôle finira mal.

Lorsqu'ils sont allés s'empoisonner à Paris, ces gens-là devraient bien y rester au lieu de revenir gâter leur pays natal.

J'espère que tu ne comptes plus sur tes vingt-cinq francs. Tu seras payé comme Romainville, Nicolet et Raymond, en monnaie de singe. Cela t'apprendra à mieux placer ta confiance et ton argent.

Je suis pressé et je finis sans cérémonie en t'embrassant.

Ton cousin,
Paul SAUNIER.

Joseph Roberjeot à Paul Saunier

Paris, 10 août 1876

Mon cher cousin,

Tu me pardonneras d'être resté si longtemps sans t'écrire lorsque tu sauras la cause de ce retard.

J'ai dû te parler d'un jeune homme, commis dans mon magasin, du nom de Linois, qui s'efforçait de cacher la maladie qui le minait de crainte d'être congédié ? Il y a juste un mois aujourd'hui, il ne parut pas au magasin de toute la journée. Vers le soir, le patron me dit :

— Monsieur Roberjeot, faites-moi le plaisir d'aller rue des Francs-Bourgeois, n° 19, savoir ce que devient Linois.

Je ne me fis pas répéter cet ordre. Outre le plaisir que j'éprouvais à me dégourdir les jambes et à visiter un quartier de Paris qui m'était inconnu, je n'étais pas fâché de savoir des nouvelles d'un camarade qui m'avait montré quelque amitié et pour lequel, malgré notre connaissance récente et nos rares relations, j'éprouvais une véritable sympathie.

Le portier du numéro 19 de la rue des Francs-Bourgeois me reçut avec une brusquerie fort voisine de l'insolence. Comme je commence à m'habituer aux façons de ces messieurs, je me bornai à hausser les épaules et j'entrepris l'ascension des 154 marches qui conduisent à la mansarde de Linois. Cet escalier est aussi raide et aussi obscur qu'il est long. J'étais essoufflé en arrivant à la cent cinquante quatrième marche. Juge combien une pareille ascension doit être fatigante pour un poitrinaire. Car Linois est poitrinaire. Je m'en étais douté, mais j'en fus certain lorsque je le vis couché sur son lit, le front pâle et inondé de sueur, les joues empourprées par la fièvre, la poitrine soulevée à des intervalles égaux par une toux déchirante et sifflante.

— Monsieur Linois, dis-je au malade, je viens de la part du patron prendre de vos nouvelles

Permettez-moi d'ajouter que je viens aussi de la part des camarades et pour mon propre compte ; votre absence nous a tous inquiétés au magasin.

— Vous êtes bien bon, monsieur Roborjcot, me répondit Linois ; ces messieurs sont bien aimables, remerciez-les de l'intérêt qu'ils me portent, et veuillez dire au patron que j'espère être en état de reprendre mes occupations d'ici à quatre ou cinq jours. J'avais écrit un petit mot à l'adresse de M Roquebœuf. Il est là sur ma table de nuit, le concierge ne s'étant pas donné la peine de venir le prendre, quoique je l'en eusse prié hier soir.

— C'est donc un cerbère que ce portier-là, répondis-je ; savez-vous qu'il m'a fort mal reçu ?

— Ça ne m'étonne pas, du moment que vous me demandiez. Figurez-vous, ajouta-t-il, en souriant, que j'ai eu le malheur de faire à ce brave homme une injure, pour ne pas dire deux, qu'il ne me pardonnera jamais. Dans mon ignorance du langage parisien et des convenances sociales les plus élémentaires, ne l'ai-je pas appelé portier tout court, au lieu de lui dire : « monsieur, » comme tous les locataires de la maison ! Lorsque je m'aperçus de ma maladresse et que je voulus la réparer, je tombai dans une plus grande. Ayant demandé à un peintre en bâtiment, qui habitait à cette époque sur mon palier, comment se nommait notre concierge, le loustic me répondit qu'il s'appelait M. Pipelet. J'appelai donc, un beau matin, mon cerbère M. Pipelet. Ah ! mon cher camarade, si vous aviez vu ce courroux ! Il s'en fallut de très peu qu'il ne me lançât à la tête son tire-pied, son alêne, son soulier, son tabouret, tout l'établissement enfin. Il paraît que Pipelet est un nom donné par un romancier célèbre à un portier.

Depuis lors les Parisiens appellent volontiers tous les portiers des Pipelet. Comment un pauvre provincial comme moi pouvait il savoir cela? J'essayai vainement d'expliquer à M. Marcassin mon ignorance et ma bonne foi. Je retournai maladroitement la fer dans la plaie. Il m'a fait depuis lors mille misères, et ce n'est pas sa faute si le propriétaire ne m'a pas donné mon congé. N'oubliez pas, je vous prie, d'appeler ce brave homme, M. Marcassin; autrement vous m'attireriez de nouvelles persécutions, et franchement j'ai assez des anciennes.

Quel franc et joyeux garçon, que ce pauvre Linois! Un vrai Paul Saunier. La pauvreté et la maladie n'ont pu le terrasser. Il souriait, et riait même entre deux accès de toux. C'était le camarade qu'il m'aurait fallu. Je promis de revenir le voir le plus souvent possible, et je mis à sa disposition toutes mes économies et tous mes loisirs, c'est-à-dire trois pièces de 5 francs et quelques heures prises sur mon sommeil.

— Merci, me dit-il, en me serrant cordialement les deux mains, merci, j'ai fait connaissance avec une honnête famille d'ouvriers qui loge en face et qui me rend tous les petits services dont j'ai besoin. Je n'accepte que votre amitié, et aussi quelques livres récréatifs et chrétiens, s'il vous est facile de me les procurer: les journées sont longues!

Tu penses bien que je n'oubliai pas, en sortant, de saluer le portier et de l'appeler M. Marcassin à haute et intelligible voix. Cela lui fit d'autant plus de plaisir qu'il y avait alors dans sa loge trois ou quatre commères. Puisse ma politesse avoir été portée au compte de Linois et avoir adouci le courroux de M. Marcassin!

Je rapportai fidèlement au patron que son employé était malade, mais qu'il espérait être assez remis pour revenir dans quatre ou cinq jours au magasin.

— Ce ne serait pas prudent, répondit M. Roquebœuf; retournez voir, dès aujourd'hui, ce jeune homme, et dites-lui de prendre le temps nécessaire à sa guérison. Il touchera ses appointements comme s'il était en bonne santé.

Ces paroles furent accueillies par tous les commis avec un murmure d'autant plus flatteur qu'elles étaient moins attendues ; le patron passant pour dur et avare.

Rarement la soirée me parut aussi longue ; elle se termina enfin. J'expédiai mon dîner et je courus au cercle catholique où j'empruntai un volume de l'*Ouvrier* et une *Imitation de Jésus-Christ* avec des réflexions. Je ne crois pas avoir mis plus de cinq minutes à franchir la distance qui sépare la rue où est situé le cercle catholique de la rue des Francs-Bourgeois. Trois fois je faillis être écrasé par les voitures. Il me tardait d'apporter à mon nouvel ami la bonne nouvelle du maintien de son traitement.

Linois pleura de reconnaissance et de joie en apprenant la générosité de son patron. Il me pria de lui donner du papier, de l'encre et une plume qui se trouvaient dans un coin de la chambre, et et il écrivit sur son lit, d'une main fiévreuse, quelques lignes émues et délicates qu'il me chargea de remettre à M. Roquebœuf. Après quoi, apercevant le volume de l'*Ouvrier* et l'*Imitation de Jésus-Christ* que j'avais posés sur son lit, il les prit, les examina et me dit :

— Vous devinez donc les goûts des gens, mon

cher camarade ? Je n'aurais pas choisi d'autres livres que ceux que vous m'avez apportés. Merci, et que le bon Dieu vous récompense de ce que vous faites pour moi.

Je sortis, car les larmes me gagnaient.

Avant que huit jours se fussent écoulés j'avais gagné la confiance entière de l'intéressant malade, et son amitié n'avait plus de secrets pour la mienne.

Linois est né dans une petite ville de l'extrême midi de la France, nommée Saint-Christophe. Il est orphelin de mère et l'aîné de quatre sœurs. Son père a pris à bail un assez vaste terrain qu'il a transformé en un jardin fertile. Les produits du jardin devaient nourrir toute la famille. Avec quelle joie le pauvre jardinier voyait son unique garçon grandir et se fortifier !

Une fois, pensait-il, qu'ils seraient deux à bêcher, à semer, à sarcler, à arroser, à émonder, à greffer, le jardin produirait cinq ou six fois plus. Au lieu des guenilles rapiécées que les quatre sœurs portaient à l'école, à l'église et à la procession, les pauvrettes auraient des robes neuves. On pourrait acheter une ânesse jeune et forte et se débarrasser enfin de l'âne pelé, éreinté et boiteux qui déshonorait et dépréciait les magnifiques légumes et les superbes fruits qu'il portait au marché.

Hélas ! ce fut la fable de Perrette et du pot au lait. Un bourgeois nommé M. Desbordes, qui allait de temps en temps manger gratis des prunes et des abricots dans le jardin de Linois, monta la tête à son fils, qui avait quatorze ans et venait de quitter l'école. Il lui persuada qu'avec son intelligence et son instruction il était destiné à autre

chose qu'à planter des choux et des navets. Que
ne se mettait-il pas dans le commerce? Le commerce mène à la fortune les jeunes gens intelli-
gents, probes et laborieux.

— Et mon père, et mes sœurs objecta le jeune
homme, aux trois quarts convaincu.

— Me crois-tu capable, répondit M. Desbordes,
de te donner des conseils contraires à la piété filiale et à l'amour fraternel? Les gains que tu feras
devront aller tout entiers à ta famille, jusqu'à ce
que tes sœurs soient mariées ou pourvues d'un
bon état. A te parler franchement, je pense moins
à toi qu'aux tiens, qui ne sortiront jamais de la
misère si tu ne prends pas le parti que je te sug-
gère.

M. Desbordes était éloquent, car il était désintéressé et sincère, aussi réussit-il, en insistant, à
convaincre le jeune Linois. Il fut beaucoup plus
difficile de décider le père à se séparer de son fils.

— Je sais bien, disait le bonhomme, que le
jardinage est un métier aussi pénible que peu productif, et qu'on gagne plus dans le commerce;
mais, monsieur Desbordes, l'argent n'est pas tout.
Que deviendrai-je lorsque je ne sentirai plus mon
fils auprès de moi? Rien que de le voir dans le
jardin me console et m'encourage. Tenez, l'autre
jour, je traînais la petite charrette qui porte le
tonneau d'arrosage, un tonneau lourd, car il tient
deux grosses barriques, eh bien! vous me croirez
si vous voulez, ça ne me fatiguait quasi pas, parce
que je sentais le petiot qui poussait à la roue. Ce
n'était pas cependant qu'il fût d'une grande aide;
c'était tout simplement le plaisir de le voir

— Bonsoir, père Linois, répondit M. Desbordes,
je vous parle raison et vous me répondez sentiment; restons-en là.

On en fût, en effet, resté là probablement sans une grande nouvelle qui révolutionna Saint-Christophe et sa banlieue. Le fils des Barnicaud se mariait, à Paris, avec la fille de son patron, une jeune personne riche à millions, jolie comme le jour, et pieuse comme un ange. Or, les Barnicaud étaient peut-être les habitants les plus pauvres de Saint-Christophe, et Louis avait dû, à onze ans, quitter la hutte paternelle pour gagner son pain. Epouser à vingt-six ans, à Paris, une demoiselle millionnaire, lorsqu'on a quitté son village en sabots et en bonnet de coton, à l'âge de onze ans, c'est ce qui s'appelle faire du chemin. La chose était d'autant plus étonnante que Louis Barnicaud était une intelligence fort ordinaire et point beau garçon. Où n'irait pas un gars futé et découplé comme Linois?

Le résultat de ces réflexions fut le départ du fils du jardinier. Certain dimanche, après la messe, il quitta la maison paternelle, les larmes aux yeux et le cœur gros, mais rempli de courage, de bonne volonté et d'espoir. M. Desbordes lui avait trouvé une bonne place dans un magasin de Perpignan. Ainsi qu'il arrive assez souvent, cette place se trouva ne rien valoir, et au bout de 18 mois de séjour dans son magasin de mercerie, le jeune Linois s'en alla, à la suite de la banqueroute du patron, aussi pauvre qu'il était venu. Grâce à quelques personnes dont il avait gagné l'amitié, il put réunir la somme nécessaire pour aller à Paris, car Perpignan, c'était visible, était un trop petit théâtre pour un jeune homme d'avenir.

Le malheureux entra à Paris au moment où une foule d'employés de commerce en sortaient chassés par les troubles politique et la stagnation des affaires qui en est la conséquence. Pendant trois mois il resta sur le pavé, supportant des privations dont les villageois et les ouvriers les plus pauvres de la province n'ont pas même une idée. Sans ses principes religieux, il se serait jeté vingt fois dans la Seine, du haut de quelques-uns de ces ponts sur lesquels il venait promener son désœuvrement forcé et son désespoir. Sa détresse arriva à ce degré qu'il n'eut pas de quoi affranchir les deux lettres qu'il fut obligé d'écrire à ses parents pour les tranquilliser et les tromper sur son compte. Car il serait mort de faim avant de demander la plus faible somme d'argent à son père, dont une inondation avait dévasté le jardin. C'est pendant ces trois mois terribles que Linois contracta le germe de sa maladie de poitrine. Si la phthisie était bannie du reste du monde on la trouverait à Paris. Cette plante sinistre y est indigène et s'y reproduit d'elle-même.

Vois-tu, cousin, ils sont bien coupables les donneurs de conseils qui viennent troubler un pauvre jeune homme et une honnête famille, en leur suggérant des idées de richesse et des projets d'ambition ! Il faut y réfléchir et être plus sûr de son fait que ne l'était M. Desbordes, de Saint-Christophe, avant d'aller enlever un fils à son père pour le jeter dans une voie inconnue et périlleuse.

Mais, je m'aperçois que ma lettre est bien lon-
... : je vais la porter à la poste. A demain ou à
... demain, la suite de l'histoire de Linois.

Ton cousin dévoué,

Joseph ROBERJEOT.

Joseph Roberjeot à Paul Saunier

Mon cher Cousin,

Il me semble que l'histoire de ce pauvre Linois doit t'intéresser. Comme l'erreur, au cas où je me tromperais, ne peut pas tirer à conséquence, je vais continuer mon récit.

M. Roquebœuf, notre patron, ne s'était pas trompé en prévoyant que la maladie de son emplo-yé se prolongerait. Le courageux garçon essaya bien de se lever au bout de huit jours; mais les forces trahirent son courage, et il dut se recoucher. Je le trouvai fort abattu lorsque je lui fis le soir ma visite quotidienne et je partageai l'avis bizarrement formulé de la concierge, Mme Marcassin.

« Voyez-vous, monsieur Roberjeot, m'avait-elle dit lorsque j'étais passé devant sa loge, le moral de votre ami est aussi malade que son physique. »

J'essayai de consoler Linois, et j'y réussis sans trop de peine, grâce aux illusions qu'à l'exemple de tous les poitrinaires il se faisait sur sa situation.

« Oui, dit-il, vous avez raison, Roberjeot, ce sont ces chaleurs intolérables du mois d'août qui m'énervent et m'affaiblissent. Je vois bien que je ne me remettrai que lorsque nous serons sortis de l'été. C'est bien pénible, mais qu'y faire? Soyez assez bon pour vous charger d'un petit billet pour M. Roquebœuf. Je prie le patron de m'avancer mon traitement pour un mois de plus.

Je partis emportant le billet, M. Roquebœuf après l'avoir lu, me dit :

— Annoncez à M. Linois que sa demande est accueillie.

Le lendemain ayant eu besoin de rentrer dans le bureau du patron, M. Roquebœuf me dit :

— Il est évident que votre ami est perdu. Ce n'est donc pas son traitement que je lui avance, c'est de l'argent que je lui donne. Ma fortune ne me permettant pas de prolonger ces sacrifices, veuillez faire comprendre à ce jeune homme qu'il ferait bien de retourner dans son pays et auprès de sa famille.

— Hélas ! monsieur, répondis-je, en supposant qu'il ne fût pas trop malade pour entreprendre ce voyage, Linois a des parents si pauvres que, dans son intérêt et dans le leur, je n'ose lui donner le conseil de quitter Paris.

— Alors, dit M. Roquebœuf, il faut qu'il aille à l'hôpital. On est très bien dans les hôpitaux de Paris.

— Comme ce mois me parut court! J'aurais voulu l'allonger tant il me coûtait d'avertir mon malade qu'il lui faudrait dans quelques jours solliciter un billet d'hôpital.

Vers la fin de la troisième semaine; Linois me dit :

— Ai-je eu du bonheur de rencontrer un patron comme le nôtre! Sans la bonté de M. Roquebœuf il m'aurait fallu avoir recours à la charité publique et aller me faire soigner dans quelque hospice.

Il prononça ce dernier mot avec un air de dégoût qui m'attrista, comme bien tu penses.

Je m'attendais bien à quelques répugnances, mais non à un dégoût aussi marqué.

Comme c'était un sujet de conversation qu'il fallait aborder au plus tard dans quelques jours, je saisis la balle au bond.

« Vous avez donc bien peur de l'hôpital » dis je.

— Je vous en réponds ! s'écria-t-il, j'aimerais cent fois mieux la dernière mansarde du plus misérable quartier de Paris que ces grandes salles parquetées, cirées, aérées, ventilées, où les lits aux rideaux blancs s'alignent à la suite les uns des autres. Ces lits, voyez-vous, me font l'effet d'autant de cercueils ; malgré tout ce luxe de propreté il règne là une véritable odeur de mort.

— Vous exagérez énormément, mon cher, répondis-je ; il guérit à l'hôpital beaucoup plus de gens qu'il en meurt. Les premiers médecins de Paris, des princes de la science y prodiguent pour rien des secours qu'ils vendent ailleurs très cher.

— Tout ce que vous voudrez, dit-il, il n'en est pas moins vrai que mon cœur se soulève de dégoût à la pensée de passer une seule semaine dans une de ces grandes salles.

— Encore une fois vous exagérez. Vous avez donc visité quelque hôpital ?

— Oui, répondit-il, je suis allé voir, il y a environ six mois, à l'Hôtel-Dieu, un de mes compatriotes. Je me trompe de lit, et au lieu d'un malade je trouve un cadavre encore chaud. Brrr ! il était là à deux pas de malades, de moribonds, d'infirmiers, de religieuses qui avaient l'air de trouver cette présence toute naturelle. Et dire que ce cadavre n'a été tiré de là que pour être porté sur la table de dissection afin de servir aux études des étudiants en médecine. Brrr ! Je vous prie,

Roberjeot, laissons là l'hôpital et parlons d'autre chose.

Il recommença à calculer pour la septième fois combien il lui fallait encore de jours pour arriver à complète guérison.

Le lendemain M. Roquebœuf me paraissant d'humeur charmante à la suite d'une grosse vente, j'essayai de lui glisser deux mots sur l'horreur qu'éprouvait Linois pour l'hôpital. Il fit la sourde oreille ; à la fin comme j'insistais assez maladroitement, il me répondit :

— Tout enfant de famille pauvre qu'il est, votre ami semble un peu bien douillet et délicat ; il faut être moins sentimental et plus positif que ça lorsqu'on vient sans le sou habiter Paris. Ce dégoût pour l'hôpital n'est ni philosophique ni chrétien. Que de génies, que d'hommes de talent, que d'ex-millionnaires, que d'honnêtes gens, que de saints sont morts sur le grabat de l'hospice ! Je dis grabat pour employer le terme classique, au fond ce grabat est un épais et chaud matelas, qui vaut mieux que ceux de bien des hôtels garnis. Je ne rougis point d'avouer que mon grand-père est mort à l'hôpital. Il n'y a que les provinciaux et les campagnards pour avoir des dégoûts pareils. Permis à eux ; mais alors on reste en province et dans sa campagne.

Il était évident que le mois fini Linois ne devait plus compter sur les bontés du patron.

Que faire ?

Je t'avouerai, mon cher Paul, que l'idée me vint de t'emprunter tes économies. Je m'y serais décidé probablement sans une circonstance toute providentielle.

Les heures passées auprès de Linois et les inquiétudes que m'inspirait sa situation avaient, parait-il, pâli un peu les roses de mon teint. M. Brochard, l'aumônier du cercle catholique, remarqua ce changement, et avec sa bonté habituelle et peut-être un peu exceptionnelle pour moi, il me demanda si j'étais souffrant.

Je répondis en donnant la raison de cette pâleur assez superficielle et qui ne m'empêchait pas de me bien porter. De questions en réponses et de fil en aiguille je fus amené à conter l'histoire entière de mon ami. Une histoire hélas ! bien commune, bien vulgaire et que l'aumônier du cercle catholique avait entendue et vue des centaines de fois. Il m'écouta pourtant jusqu'au bout avec un intérêt soutenu.

« Mon enfant, me dit-il, lorsque j'eus achevé, c'est le bon ange de votre ami qui vous a inspiré de me faire cette confidence; après-demain, demain peut-être il eût été trop tard. Je n'aurais pu vous donner que des encouragements et des conseils. Grâce à Dieu je puis aujourd'hui vous venir en aide dans l'œuvre d'amitié chrétienne que vous avez si noblement entreprise. Une personne riche autant que charitable m'a remis cinq cents francs, pour l'employer, le plutôt possible, à telle bonne œuvre que je voudrais. Je puis donc venir en aide avec quelque efficacité au jeune Linois.

Si le respect ne m'avait pas retenu, j'aurais sauté au cou de l'excellent homme ; je pris ses mains, et les baisai malgré lui.

Je voulais le conduire sur-le-champ auprès de Linois.

« Doucement ! dit-il, doucement ! contentez-vous de me donner l'adresse de votre ami. Puisque ce jeune homme a une telle horreur pour l'hôpital

il est assez logique de penser qu'il lui répugnerait
de recevoir des secours dus à la charité, respectons
ces susceptibilités et ces pudeurs et laissons votre
ami croire que M. Roquebœuf continue à lui avancer son traitement.

Que dis-tu de mon aumônier, maître
Paul?

J'ai su plus tard que l'abbé Brochard avait été
saisi comme ôtage sous la Commune. On chargeait
les armes pour le fusiller lorsque le peloton d'exé-
cution avait été dérangé par l'arrivée un peu subi-
te d'une compagnie de ces infâmes régiments
versaillais.

On m'a conté aussi que le même abbé Brochard
qui dirige, outre le cercle catholique, une œuvre
de jeunes orphelins, s'était vu refuser, par la
municipalité de Paris, une subvention inscrite
depuis dix ans au budget charitable de la ville.
On accuse l'abbé d'être clérical, ce qui est une
vérité digne de M. la Palisse; en ajoute qu'il
n'admet que les orphelins recommandés par les
jésuites, ce qui est une insigne calomnie. Les
Parisiens sont, dit on, le peuple le plus spirituel
du monde; je le veux bien; mais à la condition
qu'on m'accordera qu'ils sont les plus fameux
gobe-mouches que la terre ait portés.

Le mois passé, Linois continua d'être soigné
dans sa chambrette aussi bien et même un peu
mieux que lorsque M. Roquebœuf lui avançait son
traitement. Soit oubli, soit timidité, soit amour-
propre, le jeune malade ne manifesta aucun éton-
nement, et ne fit aucune question. Il est vrai que
le mal avait empiré. L'intelligence gardait toute
sa lucidité et toute sa vivacité; mais l'énergie
avait diminué un peu. Ce n'était point étonnant,

après des nuits entières d'insomnie et de souf-
france.

Il commençait aussi, je crois, à s'illusionner
moins sur son état. L'*Imitation* de Jésus-Christ
était bien plus souvent entre ses mains que l'*Ouvrier* qu'il goûtait si fort au début de sa maladie.

Comme je lui proposais un nouveau volume de
ce journal; non, me dit-il, portez-moi plutôt une
vie de saint. Ses sentiments religieux un peu
affaiblis par le séjour de Paris reprenaient leur
vivacité, il aimait à parler des fêtes religieuses de
son pays, les plus belles du monde, assurait-il.

— Ah! Roberjeot, me disait-il, si vous aviez
vu la procession de la Fête-Dieu à Marseille! C'est
ça une procession! J'ai vu celle de Versailles; elle
ressemblait à celle de Marseille comme le soleil
parisien au soleil provençal. Quand il s'y met,
voyez-vous, il n'y a que le midi pour adorer Dieu,
sans respect humain, à la face de la terre et du
ciel. Ce n'est pas comme à Paris, où le bon Dieu,
la Vierge et les Saints n'ont pas le droit de sortir
de l'église. Pécaïre! Il faudrait voir qu'on empê-
chât à Marseille les processions de sortir. Ça ferait
un joli tapage. Il n'y a ni empire, ni monarchie,
ni république capable de ça. Nous sommes les
premiers chrétiens de France, savez-vous? Saint-
Denis de Paris et sainte Geneviève, ont leur
mérite certainement; mais vous comprenez bien
que saint Lazare et sainte Madeleine sont des
saints d'une autre volée!

Un autre jour, il me parla de sa famille.

— Seraient-ils affligés là-bas à Saint-Christophe,
mon père et mes sœurs, s'ils me savaient aussi
malade! Ils m'enverraient de l'argent, c'est sûr,
dussent-il en emprunter. Il ne faut pas. Il n'y a

pas de pain de reste dans la maison du pauvre jardinier. Doit-elle être grande ma sœur Mariette ! C'est elle qui m'aimait le plus. Pauvre père ! Pauvres sœurs ! Pourquoi vous ai-je quittés !

Les larmes le gagnèrent, et je sortis, car j'étais moi aussi sur le point de pleurer, et le pauvre garçon avait assez de sa propre émotion.

A une autre fois la vraie fin de l'histoire de Linois.

Ton cousin dévoué.

JOSEPH ROBERJEOT

Joseph Roberjeot à Paul Saunier

Paris, 25 août 1876.

Mon cher Cousin,

L'abbé Brochard m'avait expressément recommandé de taire son nom. J'étais menacé, en cas d'indiscrétion, de voir tarir la source des secours accordés à mon ami Linois. Une semblable menace me fermait la bouche. Aussi fus-je bien embarrassé pour répondre aux questions du malade.

« Il est évident, me dit-il un jour, que M. Roquebœuf a cessé de me regarder comme son employé et de m'avancer mon traitement ; cependant je ne manque de rien. »

Comme je ne répondais pas, il continua :

— Dites-moi, je vous en prie, quelle est la main généreuse que je dois bénir.

— C'est une main chrétienne, répondis-je, et

qui désire rester inconnue. Ne vous inquiétez pas,
et songez à guérir.

— Vous savez bien qu'il n'y a pas de guérison
pour moi. Je vous en supplie, Roberjeot, nommez-
moi mon bienfaiteur afin que je puisse prier pour
lui.

— Il n'y a pas besoin de noms propres dans les
prières qu'on adresse à Dieu.

— Soit, dit-il.

Et vaincu par la fatigue il s'assoupit.

Une demi-heure plus tard il se réveilla, réfléchit
quelques instants et me dit :

— Roberjeot, vous devez avoir un confesseur ?

— Certainement.

— Priez-le de venir me voir demain.

On devine avec quel empressement je courus
chercher M. l'abbé Brochard. L'excellent prêtre se
mit à la disposition du malade, après quoi il me
dit :

— Souvenez-vous, Roberjeot, de la promesse que
vous m'avez faite. Plus que jamais j'exige que ce
bon jeune homme ignore que les secours qui lui
arrivent ont passé par mes mains.

L'aumônier du cercle eut converti le plus endurci
des pécheurs, il n'eut donc pas de peine à gagner
le cœur de Linois.

Avec son habitude des malades il augura très
mal de la situation.

« Soignons bien votre ami, me dit-il, sa vie ne
compte plus que par semaines. »

La garde-malade, vieille et infirme, était insuf-
fisante ; elle parut telle à l'abbé Brochard qui la
remplaça au chevet de Linois, par une religieuse
de l'ordre de l'Espérance.

Ah ! mon cher Paul, quelle bonne institution que

les sœurs garde-malades de l'Espérance! Il n'y a
pas de mères plus tendres et plus attentionnées.
J'ai cru un moment que Linois allait guérir tant
il était soigné avec intelligence et dévouement par
la sœur Madeleine.

Il n'y a que la religion catholique pour produire
de pareilles choses. L'abbé Brochard à qui je témoi-
gnais mon admiration, m'a raconté, que plus de
cent libres-penseurs ou athées de sa connaissance avaient été convertis à Paris par la sœur
garde-malade qui les soignait. Ce zèle, ce dévouement, cette patience, cette douceur angélique les
avaient fait réfléchir, et leurs réflexions jointes aux
prières de la sœur les avaient déterminés à accueil-
lir le prêtre et les Sacrements de l'Eglise. Ça ne
m'étonne point, te souviens-tu de la mère Romo-
rantin, la garde-malade de Saint-Christophe qui
ne pouvait pas veiller une seule nuit sans son litre
de vin, ses deux tasses de café et ses vingt centimes de tabac ? La sœur Madeleine remplace tout
cela par son livre de prières et son chapelet.

« Monsieur Roberjeot, me dit-elle un certain
soir, votre ami s'affaiblit sensiblement ; je vais lui
proposer de s'unir à une neuvaine qui sera faite
en sa faveur à Notre-Dame-des-Victoires, afin de
lui obtenir les grâces spirituelles et corporelles
dont il a besoin. Je compte l'engager à clore la
neuvaine par la sainte Communion.

Elle le fit ainsi qu'elle avait dit ; après une pré-
paration de neuf jours, Linois reçut le saint Viati-
que apporté par M. l'abbé Brochard. C'était un
matin, au lever du soleil, par une belle journée
d'août. On avait disposé dans la mansarde une
petite table couverte d'un linge fin, de flambeaux
allumés et de vases de fleurs. Deux familles d'ou-

vriers, logeant sur le même pallier, remplissaient la chambrette et refluaient dans le corridor : L'abbé Brochard ne prononça que quelques mots, mais si pieux et si touchants que toute l'assistance pleurait.

La sœur avait prié M. l'aumônier de remettre à un autre jour l'extrême-onction ; de crainte que le jeune malade ne fût trop impressionné. Linois devina sans doute cette précaution, car il appela d'un signe la sœur à son chevet et lui dit quelques mots à voix basse.

« Monsieur l'abbé, dit alors au prêtre la religieuse, M. Linois vous prie de lui donner, si vous le voulez bien, l'extrême-onction. »

J'étais agenouillé au pied du lit.

Mes sanglots, retenus à grand'peine, éclatèrent à ces mots. Linois me tendit ses deux mains, et je les gardai dans les miennes pendant la cérémonie.

Que te dirai-je de plus, mon cher Paul ? Le seul ami que j'ai aimé autant que toi mourut, trois jours plus tard, entre mes bras. C'est moi qui lui ai fermé les yeux, et qui l'ai habillé et disposé sur sa couche funèbre. Quelques employés du magasin qui étaient venus le voir de temps en temps, s'offrirent de se joindre à moi, pour veiller le cadavre jusqu'à l'ensevelissement : je les remerciai. Je voulais rester seul afin de mieux savourer les impressions de consolant espoir et de religieuse tristesse qui s'exhalent du lit de mort d'un chrétien.

Vers dix heures du soir, au moment où je lisais dans mon livre de prières l'office des morts, la porte s'ouvrit doucement, et l'abbé Brochard entra. Il s'agenouilla et pria longtemps, après quoi il me prit par la main et me conduisit vers la croisée qu'il ouvrit. Il était près de minuit. Le silence

s'était déjà fait dans ce quartier peu populeux.
L'atmosphère était claire et tiède. L'abbé Brochard.
se mit à parler, sa voix avait des notes claires,
douces et attendries que je ne lui connaissais pas.

« Vous êtes bien jeune, me dit-il, mon cher enfant, pour assister à un pareil spectacle. La mort
la plus chrétienne a toujours quelque chose d'ef-
frayant. Je suis donc venu vous tenir compagnie
jusqu'à l'aurore. Nous avons prié, nous prierons
encore. En ce moment causons un peu.

Alors commença un entretien dont le prêtre fit à
peu près tous les frais, et que je n'oublierai de ma
vie, tant les enseignements en étaient à la fois
simples et élevés.

« Voyez-vous, me dit entre autres choses l'abbé
Brochard, on parle trop des homicides, des suici-
des, des crimes de tout genre dont Paris est le
théâtre, et pas assez des bonnes œuvres et des
belles actions qui s'y passent. Si ce pauvre Linois
était mort libre-penseur et en réclamant des funérailles impies, tous les journaux en parleraient.
Les feuilles honnêtes ne diront rien de sa fin si
chrétienne. C'est ainsi toujours. Le mal resplendit,
et le bien reste dans l'ombre. Il y a du bien pourtant, beaucoup de bien à Paris. Sans cela la grande
Babylone ne subsisterait pas vingt-quatre heures.
Le feu du ciel ou le pétrole la détruiraient. Et néanmoins, à celui qui peut faire autrement, c'est une
grande imprudence de venir se jeter dans cette
fournaise. Le jeune homme dont nous veillons la
dépouille serait probablement plein de vie et de
santé s'il était resté dans son village natal. Remar-
quez qu'il est de ceux à qui le séjour de Paris a été
le moins funeste. En définitive il a sauvé son âme;
ce qui est l'essentiel. Combien la perdent ici irré-

rémédiablement! ah! mon cher enfant, n'oubliez jamais ce que vous avez vu et entendu dans cette pauvre mansarde, que ce souvenir vous protége et vous garde aux jours fiévreux et aux heures séductrices, des jours et des heures qui sont partout, mais ici plus qu'ailleurs. Que j'en ai vu périr dans le bourbier du vice, de ces fleurs arrosées du sang du Christ, et des larmes et des sueurs de la sainte Eglise! Voilà pourquoi nous multiplions les écoles chrétiennes, les patronages, les cercles catholiques, toutes les œuvres de préservation et de persévérance dans le bien. Qu'ils le veuillent ou non, qu'ils le sachent ou qu'ils l'ignorent, ceux qui combattent ces humbles institutions sont non-seulement les adversaires de la religion, mais les ennemis de la famille, de la patrie et de la société.

Mais revenons à vous. N'est-ce-pas, mon cher enfant, que vous me promettez de rester toujours chrétien?

— Oui, répondis-je, mon père, je vous le promets.

Et par un mouvement spontané, j'étendis le bras du côté du corps de mon ami, comme pour prendre à témoin cette chère dépouille de la promesse que je venais de faire.

Je te raconte notre entretien très en gros. Il dura longtemps; car à peine nous étions-nous remis à prier, que le jour parut.

J'aurais voulu rester; l'abbé Brochard s'y opposa.

« Il faut de la sagesse et de la mesure en toutes choses, dit-il, sœur Madeleine va venir nous remplacer et veiller le corps de notre ami jusqu'à l'heure des funérailles. Vous, venez entendre la messe que je vais dire pour l'âme du défunt. Vous irez ensuite prendre quelque repos. Il vous faudra des forces pour assister au service et au convoi.

J'obéis.

L'abbé Brochard avait raison. après la cérémonie funèbre j'étais brisé. Grâce toujours à l'excellent prêtre cette cérémonie se fit avec beaucoup de décence et de convenance. Le pauvre fils du jardinier de Saint-Cristophe fut suivi à l'Eglise et au cimetière par plus de la moitié des membres du cercle catholique. L'abbé Brochard prononça, sur la fosse, un discours ému qu'aucun journal n'a reproduit, mais dont le souvenir restera longtemps dans l'âme de ceux qui l'entendirent.

Ce fut aussi M. Brochard qui se chargea d'écrire à M. Linois pour lui annoncer la mort de son fils. Il avait pour cela une autorité et des lumières qui me manquaient.

Je recommande, mon cher Paul, à tes prières l'âme de ce pauvre Linois. Aime-moi désormais pour deux ; car désormais je n'ai plus en ce monde qu'un seul ami, puisque M. Brochard est un père.

Ton cousin dévoué, JOSEPH ROBERJEOT.

Paul Saunier à Joseph Roberjeot

La Roche—Grélée, 30 août 1876.

Cher cousin,

Nous avons lu en famille les trois lettres dans lesquelles tu nous racontes la maladie et la mort de ce pauvre Linois, et cette lecture nous a tous émus. Ta sœur et la mienne pleuraient comme

deux Madeleine. Je voudrais que ton récit fût
imprimé et répandu par centaines de mille d'exem-
plaires dans les petites villes, bourgs, villages et
hameaux, dont les jeunes habitants brûlent d'aller
à Paris, parce qu'ils s'imaginent que les alouettes
et les cailles rôties y foisonnent. Cette réflexion
n'est pas une pierre jetée dans ton jardin : tu es
allé à Paris pour de bonnes raisons, du consentement de tes parents et avec plus de peine que de
plaisir.

Il n'est bruit à la Roche-Grêlée que des faits et gestes de Rozier ou du Parisien, comme on l'appelle le
plus souvent. Ce monsieur-là passe son temps à ne
rien faire. Il attend, dit-il, une place de comptable dans une grande manufacture, place qui doit
lui rapporter trois ou quatre mille francs; il
n'est pas bien fixé sur le chiffre.

En attendant, l'homme qui te doit vingt-cinq
francs se promène la canne à la main, portant les
habits du dimanche tous les jours et ceux des
grandes fêtes tous les dimanches. Ses parents se
plaignent, mais il ne les écoutait guère avant de
partir pour Paris, et il n'a pas appris sur vos quais
et vos boulevards le respect et l'obéissance aux
auteurs de ses jours.

Quand je dis que Rozier passe son temps à ne rien
faire, je m'exprime mal; il serait plus exact de
dire qu'il le passe à faire des tours et des plaisanteries: En voici deux qui lui ont valu la réputation
du garçon le plus spirituel du pays.

Tu te rappelles M. Raymond, l'ancien adjoint ?
C'est un vieillard qui touche à ses quatre-vingts
ans, et pour lequel toute la commune a le plus
grand respect. Ces jours derniers, passant, appuyé
sur sa canne, devant le clos des Rozier, M. Ray-

monde aperçoit le Parisien en train de bêcher. Il est si rare de voir faire à ce loustic œuvre de ses dix doigts que le vieillard s'arrêta et lui adressa quelques paroles bienveillantes. Mal lui en prit.

« Monsieur Raymond, dit le Parisien, il arrive des choses bien surprenantes. Mon père a planté là, au printemps, des pommes de terre ; que croyez-vous qu'il est venu ?

— Des pommes de terre, parbleu !

— Point du tout ; il est venu des cochons qui ont mangé les tubercules.

— Canaille ! polisson ! s'écria l'adjoint, en brandissant sa canne et se dirigeant vers la porte du jardin ; attends-moi, je vais t'apprendre à te moquer des gens à qui tu dois le respect.

Le Parisien laissa là sa bêche et fila en riant.

On a parlé huit jours à la Roche-Grêlée de ce trait d'esprit, et on en parlerait encore sans doute si Rozier ne l'avait fait oublier par une plaisanterie plus spirituelle.

Depuis ton départ, le cabaret de Pierre Beauséjour a été transformé en café superbe. Le propriétaire voulait que la tranformation fut complète le 15 août ; il tourmentait donc les plafonneurs, les peintres et les tapissiers. Le 14, on travaillait encore à l'enseigne, une enseigne magnifique, portant en lettres d'or, d'un demi-pied, cette inscription :

A L'INSTAR DE PARIS.

Arrive Rozier qui daigne approuver tous les embellissements et déclarer qu'il y a à Paris des centaines de cafés qui ne valent pas celui de Beauséjour.

Beauséjour était radieux.

—Je vous en prie, dit-il au Parisien, signalez-moi les côtés défectueux.

Rozier examine le dedans et le dehors de l'établissement et déclare que tout est parfait.

Beauséjour insiste et le supplie, non seulement d'être franc, mais d'être sévère.

—Eh bien! dit le loustic, puisque vous voulez absolument que je trouve quelque tache, je pense que l'inscription qui est sur votre porte latérale pourrait être mieux choisie.

—Comment cela? dit le peintre, qui dressa l'oreille.

—Robiquet, dit Beauséjour, fais-moi le plaisir de te taire; ce n'est pas ton avis que je demande. Voyons, Rozier, explique-toi.

—C'est bien facile, dit le Parisien, au lieu de: *Entrée du café*, je préférerais: *Entrée de l'Instar*.

—Tu as raison! s'écria Beauséjour, qui n'eut pas de repos que l'inscription ne fût modifiée. Le peintre en bâtiments fut obligé de s'exécuter et de travailler jusqu'à minuit, au clair de la lune et à la clarté de deux chandelles tenues chacune par Beauséjour et Rozier.

Le lendemain, il y eut foule autour de la porte latérale. Tous les jeunes gens un peu instruits se tenaient les côtes à force de rire, Beauséjour riait plus fort que les autres. Il ne fallut pas moins que le maire et le curé pour lui persuader que le Parisien s'était moqué de lui et qu'il fallait effacer *Entrée de l'Instar* pour mettre *Entrée du café*.

Ce sont là des peccadilles; Rozier a des torts plus sérieux. Croirais-tu qu'il affecte de ne pas saluer M. le curé et de ne pas mettre les pieds à l'église même aux plus grandes fêtes. Il dit qu'il est philosophe et libre-penseur. Le plus triste est

4

qu'il se trouve des gens qui prennent au sérieux
ce farceur-là.

«On a beau dire, pérorait l'autre jour le petit
Lanternier, il n'y a que le séjour de la capitale
pour former les jeunes gens. Voyez donc comme
Rozier a pris de l'aplomb.

— Vous appelez ça de l'aplomb? dis-je.

— Certainement, et toi.

— Moi, j'appelle ça de l'effronterie.

Et je tournai les talons.

J'ai gardé le bouquet pour la fin. Le Parisien
veut absolument doter le bourg et la commune de
la Roche-Grêlée d'un *casino* semblable à celui des
grandes villes. Il ne demande, pour réaliser ce
projet, que cent adhérents consentant à payer une
somme annuelle de dix francs. Il paraît qu'il a
une vingtaine de noms sur sa liste. Les honnêtes
gens se moquent du casino de Rozier et disent que
c'est un projet absurde et irréalisable. A mon avis
ils ont tort. Par le temps qui court, toutes les folies
sont possibles, et il n'y a que le bien qui soit difficile à faire. S'il ne faut que mille francs pour
ouvrir le casino, cet établissement s'ouvrira, et
une fois ouvert, il y a à la Roche-Grêlée et aux
environs assez de flâneurs, de politiqueurs et de
filles légères pour que les salles de jeu, de lecture
et de danse ne chôment pas. Car il paraît que ce
casino rêvé par Rozier doit réunir les joueurs, les
lecteurs de journaux et les danseurs.

Robertin, Allavoine, Martinet et moi sommes
décidés à mettre tous les bâtons possibles dans
l'entreprise du Parisien; mais franchement ce
rôle conviendrait mieux aux gens d'âge qu'à
nous. Ce Parisien de malheur s'en va partout disant que nous ne voulons pas de salle de lecture

et de salle de danse parce que nous savons à peine lire et pas du tout danser. Ces bruits, ont beau être faux et mensongers il en reste toujours quelque chose. Jusqu'à ta sœur qui, pas plus tard qu'aujourd'hui me disait moitié rire, moitié sérieusement :

— Est-il vrai, monsieur Saunier, que vous ne savez pas danser ?

Entre nous M. le maire et M. le curé ne montrent pas en cette circonstance leur sagesse habituelle. Il ne faut pas, pour se garer de la bombe, attendre qu'elle vous éclate entre les jambes. Rozier a beau être sans cervelle, sans argent et sans considération, il n'en est que plus dangereux. Le monde aujourd'hui est aux gens dépouvus de scrupules. Le Parisien oserait demander la main de Mlle Amélie Roberjeot que ça ne m'étonnerait pas. J'en reviens à l'idée d'une de mes lettres précedentes. Les grandes villes devraient bien lorsqu'elles ont gâté quelqu'un, le garder au lieu de le retourner à son pays natal.

Ton cousin dévoué,

Paul SAUNIER.

Paul Saunier à Joseph Roberjeot

La Roche-Grélée. 15 septembre 1876.

Mon cher cousin,

Il s'est passé bien des choses à la Roche-Grélée depuis ma dernière lettre : commençons par le

commencement. D'abord, mon père m'a envoyé à
Saint-Eloi-les-Domaines, pour traiter une affaire
assez importante. C'est une assez jolie petite ville
que Saint-Eloi-les-Domaines, et où les cabarets
et les cafés ne manquent pas. On y trouve aussi
un casino: J'avais si souvent entendu parler de ce
genre d'établissement, en bien et en mal, que je
fus heureux de voir, par mes propres yeux, ce
qu'il en est.

Le casino de Saint-Eloi n'est autre chose qu'une
vaste salle située au rez-de-chaussée, partagée en
deux pièces par une cloison et précédée d'un han-
gar assez proprement bâti, et qu'ils appellent une
verandah. Il paraît que les abonnés au casino sont
au nombre de quatre-vingts; la cotisation est de
vingt-cinq francs par an; les étrangers sont ad-
mis au prix de cinquante centimes par jour. La
pièce située à droite en entrant est la salle de jeu.
Il y avait, lorsque j'y pénétrai, une douzaine de
joueurs. Deux tenaient les cartes, les autres pa-
riaient. J'ai vu, en une heure, perdre mille francs.
Les deux tiers de cette somme sortaient de la poche d'un petit jeune homme dont les parents tien-
nent, à Bourges, un magasin de chaussures. Ce
jeune cordonnier en gros était vêtu comme un
sous-préfet. Il se fait nommer Des Mares; mais
un Berrichon, qui le connaît, m'a assuré qu'il se
nommait Ricolet, et qu'il avait mangé déjà en
herbe les trois-quarts de la fortune qui doit
lui revenir après la mort de ses parents. Ce n'est
pas le seul pigeon qui soit venu se faire plumer
ici.

Il a quelques mois, un notaire de campagne
perdit, dans le casino de Saint-Eloi-les-Domaines,
dix mille francs appartenant à un de ces clients

Tout récemment, un percepteur a laissé la moitié de la recette qu'il allait verser au chef-lieu.

On ne compte plus les jeunes gens et même les pères de famille qui viennent perdre en une heure, dans cette salle de jeu, le gain de toute la semaine. Les joueurs accourent de cinq ou six lieues à la ronde. Une femme n'a-t-elle pas eu l'effronterie de venir là chercher son mari ! Il en est résulté une discussion suivie de sévices et injures graves.

En ce moment, les époux plaident en séparation de corps et de biens. Ce sont de ces choses qui posent un casino : aussi les abonnés ont-ils depuis quelques semaines augmenté d'un quart.

Après avoir joué et perdu ma pièce de cinq francs, j'entrai dans la salle de lecture. Quels journaux ! quelles revues ! mon cher Roberjeot. La salle de jeu est moins dangereuse : on n'y peut laisser que sa bourse ; tandis qu'on peut égarer là sa cervelle. Je ne m'étonne pas que les radicaux et les libres-penseurs foisonnent à Saint-Eloi : le casino suffit à entretenir la graine. Pas une feuille, je ne dis pas chrétienne, mais simplement honnête et conservatrice. A force de chercher, je parvins à découvrir dans un coin, l'*Echo de la Vérité* : un journal qui croit en Dieu et qui ne mange pas du prêtre, ou du moins n'en mange que par exception. On s'y était abonné sur les instances réitérées d'un vieux monsieur qui en est, paraît-il le principal actionnaire. Le vieux monsieur étant tombé malade et ne venant plus au casino, l'*Echo de la Vérité* n'est pas même déployé, et il passe avec sa bande, de la salle de lecture à l'épicerie d'en face.

Le casino de Saint-Eloi me parut incomplet : il y manquait une salle de danse.

« Au moins, pensai-je, ces braves gens o···

bon sens de ne pas mener là leurs filles et leurs femmes. »

C'était un compliment qu'ils ne méritaient pas.

Ayant entendu, le soir, après dîner, un bruit de violons, je demandai à mon hôtesse ce que cela signifiait,

« C'est, me dit-elle, le bal du casino.

— Tiens, dis-je, on y danse donc ?

— Mais, certainement, tous les dimanches en été et les dimanches et les jeudis en hiver, sans compter les bals exceptionnels des jours gras.

Je me rendis au Casino que je trouvai transformé en une salle de danse assez spacieuse et brillamment éclairée. Il avait suffi d'enlever la cloison mince et très mobile qui sépare la pièce où l'on joue, de la pièce où on lit les journaux.

J'avais perdu cinq francs à la table de jeu ; j'avais parcouru quelques feuilles radicales et libres-penseuses dans le salon de lecture : je ne me sentis pas le courage de pousser l'expérience jusqu'aux violons. Figure-toi que sur douze danseuses, il y en avait huit ou neuf qui se trouvaient sans père, sans frère et sans mari : ces jeunes personnes n'étaient accompagnées que de leur seule vertu. Pouah !

Quatre heures de diligence m'avaient tellement harassé, que je descendis de voiture à la naissance de la côte des Marronniers, qui conduit à la Roche-Grêlée : M. le curé se trouvait juste là, achevant de lire son bréviaire.

— Eh bien ! Paul, me dit-il, avons-nous terminé heureusement l'affaire qui nous amenait à Saint-Eloi-les-Domaines ?

— Oui, monsieur le curé, grâce à Dieu, tout s'est bien fini, et j'espère que mon père sera content.

—Tant mieux, dit-il, et Saint-Eloi s'est-il agrandi et embelli? Voici quinze ans bientôt que je n'y suis pas allé.

—Je ne sais pas, répondis-je, ce qu'était Saint-Eloi il y a quinze ans, aujourd'hui c'est une ville de trois mille habitants assez jolie et où l'on s'amuse plus ou moins innocemment, s'y j'en juge par ce que j'ai vu dans certain casino.

—Ah! ah! fit le curé, et il se mit à parler d'autres choses.

— Ma foi! pensai-je à part de moi, il ne faut pas être plus royaliste que le roi, ni plus catholique que le Pape. Puisque M. le curé traite aussi légèrement la question, c'est son affaire.

Et je laissai là le casino.

Trois jours après mon retour à la Roche-Grêlée, les maçons et les plafonneurs travaillaient à remettre à neuf la salle du père Lobligeois. Le besoin s'en faisait sentir. Les plus anciens du bourg assuraient que le dernier lait de chaux qu'eussent vu les murailles, datait de soixante et dix ans. Il y avait telle toile d'araignée dans un certain angle, qui était là depuis mon enfance. Ce manque de luxe n'a pas empêché plusieurs générations de danseurs et de danseuses de s'amuser beaucoup aux trois bals solennels qui ont lieu chaque année dans la commune. Comme on ne peut faire dans un vaste local, une salle de danse à demeure, le père Lobligeois serrait, dans son rez de chaussée, des fagots et des planches. La veille du bal on enlevait ces objets encombrants; on jouait du balai, et les danseurs et les danseuses qui ne craignaient pas trop la poussière, pouvaient entrer.

Tel était le local que Rozier avait rêvé pour son casino. Il ne pouvait mieux choisir. Il persuada donc au père Lobligeois, qu'avec quelques réparations peu coûteuses, il affermerait fort cher un rez-de-chaussée qui ne lui rapportait quasi rien. C'était le défaut du local qui tenait en suspens l'entreprise du casino. Il se faisait fort, lui Rozier, de trouver les cent adhérents nécessaires, dans les huit jours qui suivraient l'achèvement des réparations de la salle.

Quoi qu'il n'ait jamais lu l'histoire romaine, Lobligeois est de l'avis de l'empereur Vespasien, qui trouvait que ramassé n'importe où l'or n'a pas d'odeur. Peu lui importait qu'on perdît sous son toit son âme et sa fortune, pourvu qu'on payât cher le loyer. La vieille salle fut donc livrée aux ouvriers, qui en huit jours la transformèrent de façon à la rendre méconnaissable.

Quel charmant casino on pouvait faire là ! Celui de Saint-Eloi-les-Domaines n'en approcherait pas. Rozier réunit ses adhérents. Ils n'eut pas de peine à leur faire comprendre qu'ils ne trouveraient pas dans toute la commune, un local aussi convenable à leurs projets, que le rez-de-chaussée nouvellement remis à neuf. C'était une occasion unique, et ils se repentiraient toute leur vie de l'avoir laissée échapper.

Après mûre délibération, une commission de cinq membres fut nommée ; elle devait s'aboucher avec Lobligeois. Inutile de dire que Rozier en faisait partie. Si la commision eût écouté le Parisien, elle se serait transportée le jour même de sa formation chez le possesseur du local qu'elle convoitait. Malheureusement on était au café ; le soleil dardait au dehors des rayons de plomb fondu ; la température était à l'intérieur aussi fraîche qu'elle ´ ´it brûlante dans la rue.

« A demain les affaires sérieuses ! » s'écria un membre de la commission.

— Oui ! oui ! s'écrièrent trois autres membres, à demain les affaires sérieuses !

— Garçons, de la bière et de la plus fraîche.

Le soir de ce même jour, M. le curé de la Roche-Grêlée envoya sa gouvernante, prier M. Lobligeois de se rendre au presbytère où il était attendu pour affaires.

« Père Lobligeois, dit le curé, après les compliments d'usage, vous voulez, m'a-t-on dit, affermer votre salle du rez-de-chaussée?

— En effet, monsieur le curé.

— Combien en voulez vous?

Cette question à brûle-point ne prit point le propriétaire au dépourvu ; il se l'était assez posée à lui-même pour pouvoir y faire réponse.

— Mille francs, dit-il.

— C'est cher, répliqua le curé ; cependant je la loue à ce prix.

Le père Lobligeois se gratta l'oreille.

— C'est que, dit-il, monsieur le curé, j'ai déjà parlé vaguement de ce loyer avec Rozier.

— Oui, dit le curé, et moi je vous parle catégogoriquement.

Réfléchissez bien. Etes-vous sûr que les projets de Rozier se réaliseront? qu'on vous louera votre salle mille francs? qu'on passera avec vous un bail de dix années? car je suis prêt à passer un bail pareil.

Cette dernière considération toucha extrêmement le père Lobligeois. Il adorait les baux ! Rien ne lui plaisait comme un bon contrat de loyer à longue échéance et bien libellé !

« Voyez-vous, dit-il, monsieur le curé, il me

répugnait beaucoup de louer ma salle pour un casino. Paraît qu'on perd là ce pauvre argent qui donne tant de ma! à gagner. Je n'y consentais que forcé, contraint, et parce qu'on est bien obligé de tirer parti de ses immeubles. Mais, vrai ! j'avais des remords, et j'aime mieux vous avoir pour locataire que Rozier.

— Merci de la préférence, dit froidement le curé qui savait à quoi s'en tenir sur les remords de son paroissien ; puisqu'il en est ainsi, rédigeons, si vous le voulez bien, un petit acte sous-seing privé.

Le sous-seing fut rédigé et signé séance tenante.

Rozier, le lendemain, était furieux.

Il y avait de quoi. Tu sais que les rez de chaussée de la Roche-Grêlée sont tous occupés par des écuries, des magasins ou des boutiques. Il n'y avait guère que la vieille salle de danse qui pût être convertie en casino. Or, cette salle lui était enlevée à sa barbe, à lui Rozier, après qu'il s'était donné la peine de pousser à sa réparation et à sa remise à neuf. C'était affreux, odieux, abominable. Ils n'avaient qu'à venir à la Roché-Grêlée, ceux qui niaient l'envahissement du cléricalisme, ils s'en retourneraient édifiés.

La paroisse presque toute entière applaudissait des deux mains à la conduite de son curé.

Par exemple on se demandait ce qu'allait faire l'abbé Sénac de la salle de Lobligeois. Mille francs étaient une charge trop lourde pour qu'il ne cherchât pas à tirer parti de l'immeuble affermé. Qu'en ferait-il ?

Le curé, selon son habitude, gardait le silence. C'est un homme prudent qui ne démasque ses batteries, que lorsqu'il a l'ennemi bien en face de lui, et qu'il est sûr que tous ses coups porteront.

Je suis le seul de la paroisse qui sache la destination de la salle de Lobligeois.

Avant hier, l'abbé Sénac m'ayant rencontré, me dit après quelques mots de préambule :

« Avouez, Paul, que je vous ai scandalisé l'autre jour, lorsque je parus partager médiocrement la crainte que vous inspirait la création d'un casino?

— Oh ! monsieur le curé.

— Si je ne vous ai pas scandalisé l'autre jour, lorsque je paru partager médiocrement la crainte que vous inspirait la création d'un casino...

— Oh ! monsieur le curé.

— Si je ne vous ai pas scandalisé, je vous ai au moins surpris.

— Ça, c'est vrai.

— Vous voyez que j'avais mon plan. Pour qu'il réussît, il me fallait le tenir absolument secret. Je serai moins politique aujourd'hui. Devinez à quoi je destine la salle de Lobligeois.

— Je ne sais pas, monsieur le curé.

— Eh bien! dit-il, je veux établir un patronage pour les apprentis et les jeunes ouvriers de la commune. Gardez-moi quelque temps le secret vis-à-vis tout le monde. excepté vis-à-vis Roberjeot. Vous lui écrivez fréquemment, je le sais : priez-le de m'envoyer le règlement du cercle catholique dont il est membre. Non que j'aie l'ambition de faire ici un établissement pareil ; je ne veux que quelques idées pour mon humble patronage.

Voilà la commission de M. le curé faite.

Ton cousin dévoué,

Paul Saunier.

Joseph Roberjeot à Paul Saunier

Mon cher cousin,

Tu n'as point tort de dire, dans ton avant-dernière lettre, que je suis venu à Paris, « pour de bonnes raisons, du consentement de mes parents et avec plus de peine que de plaisir. » Ceci est vrai, plus vrai que tu ne te l'imagines. Comme nous sommes plutôt deux frères que deux cousins, je n'hésite pas de te faire ma confidence entière.

Tu sais que ma sœur Amélie a dix ans de moins que moi. Mes parents avaient longtemps souhaité un second enfant : ils n'y comptaient plus, lorsque Dieu le leur donna.

Peu d'enfants ont été, je crois, accueillis à leur naissance avec autant de joie. La suite répondit à ce commencement. Grands parents, père, mère, oncles, tantes, cousins, cousines, amis, voisins, tout le monde se mit à gâter, à qui mieux mieux, la petite Amélie. Il a fallu que la Providence ait donné à la chère créature, un bon caractère, pour que ma sœur ne soit pas devenue, à ce régime, volontaire, fantasque et capricieuse.

Lorsque mon père fit, il y a deux ans, la terrible maladie qui l'a conduit au tombeau, il me garda un certain soir près de son lit et me dit :

— Il ne faut pas te faire illusion, Joseph, je ne guérirai pas. Je le regrette pour ta mère, pour toi, et pour Amélie ; pour Amélie surtout, qui n'ayant que dix ans, a besoin plus que personne de mes soins et de mon travail.

— Père, répondis-je, vous vous exagérez le

danger de votre situation. Je suis sûr que le bon Dieu vous conservera à notre amour ; mais si nous avions l'affreux malheur de vous perdre, rappelez-vous la promesse que je vous fais : Ma vie entière sera consacrée à ma mère et à ma sœur.

— Merci, Joseph, dit-il simplement, je vais donc te demander un sacrifice.

— Parlez, mon père.

— Tu sais que je n'ai pas d'autre fortune que notre maison et le commerce de draperie que j'y ai établi. Le tout vaut à peine vingt mille francs, trois personnes ne peuvent guère vivre d'un si mince capital. Je désire donc que dans deux ou trois ans tu partes pour Paris, afin de t'y créer une position dans le commerce. La maison et le magasin de draperie resteraient à ta mère et serviraient un jour à établir un peu convenablement Amélie. Que penses-tu de ma proposition ?

— Elle est très sage et j'y souscris de grand cœur, mon père. Non seulement je ne distrairai rien à mon profit de l'héritage paternel et maternel ; mais si Dieu bénit mon travail, c'est ma sœur qui en recueillera le principal fruit. Oh ! père, si vous saviez combien j'aime Méliote ! Nous appelions ainsi en famille Amélie.

— Oui, dit mon père, je sais que tu es frère aussi tendre que fils aimant et respectueux. Puisses-tu réussir mieux que moi ! J'ai manqué d'initiative et d'énergie. Ne m'imite pas, et au lieu de passer ta jeunesse à végéter dans une boutique de campagne, pars pour Paris. Cette ville est toujours le terrain le plus favorable à un jeune homme honnête et laborieux. Malgré le désir que j'ai d'assurer le sort d'Amélie, je ne te demande-

5

rais pas de lui laisser ta part d'héritage, si je ne savais pas que tu as des principes religieux assez solides pour résister, avec la grâce de Dieu, aux périls et aux séductions de la capitale. Et maintenant, mon cher Joseph, ne revenons plus sur ce sujet, ta mère et ta sœur doivent tout ignorer. Il faudra que ton départ paraisse spontané et volontaire.

— Soyez tranquille.

Six semaines plus tard, mon père mourut.

Pendant deux ans, tout en consolant ma mère et ma sœur, j'ai travaillé à étendre ma clientèle, j'y ai réussi, et sans la promesse faite à mon père, je te confesse que mon ambition se serait bornée à grossir, à force de temps et de soins, notre petit capital. Peut-être même ce parti eût-il été plus avantageux à ma mère et à ma sœur que mon départ pour Paris. Mais cette sagesse humaine n'aurait pas été de la piété filiale. Je devais tenir la promesse faite librement à mon père à son lit de mort. J'ai donc quitté la Roche-Grêlée. Ma mère et ma sœur ne sauront jamais combien il m'en a coûté pour feindre des dégoûts et simuler des goûts que je n'avais pas. Quoi que je leur aie dit, Paris n'a jamais été mon rêve. J'étais fait pour la vie plus calme et plus facile de la province. Je te parle comme à mon confesseur, parce que je sais que tu seras aussi muet que lui.

Eh! non je n'aime pas la ville immense que j'habite. Ses bruits m'assourdissent le jour et m'empêchent de dormir la nuit, comme si j'étais aux premières semaines de mon arrivée. Je suis choqué et scandalisé d'une foule de choses, que de plus vertueux que moi ne remarquent pas ou dont ils n'ont pas l'air de souffrir. Dès que j'ai

quelques heures à moi, je vais les passer dans un
square, un jardin, un parc, un lieu enfin aussi
champêtre que possible. Le plâtre, les moëllons,
les pierres taillées m'agacent et me fatiguent.
Avec quelle joie je prends tous les quinze jours la
clef des champs pour Vincennes, Saint-Cloud,
Saint-Denis, Viroflay ? Des campagnes cependant
bien civilisées, bien râtissées, bien fardées, bien
artificielles, et qui ressemblent à nos vallons, à
nos collines, à nos ruisseaux et à nos bois, comme
les décors d'un théâtre ressemblent à la nature.

Il m'est arrivé, dans un petit village situé à
trois lieues de Paris et dont j'ai oublié le nom,
une aventure singulière et... coûteuse. C'était
vers la mi-juin, au moment où les cerises sont
pour rien à la Roche-Grêlée. J'avise un grand et
haut cerisier dans un clos ; le propriétaire était à
quelques pas de là ; je lui demande si je puis, en
payant, grimper sur son arbre et y manger à même les branches, des cerises à mon appétit.

— Certainement, monsieur, me répondit-il.

J'ôte ma redingote, et je grimpe aussi leste-
ment qu'autrefois. Il y a des savoir-faire qu'on
ne désapprend pas.

Dieu ! les bonnes cerises ! Je n'avais rien mangé d'aussi bon depuis que je suis à Paris. Devine
combien m'a coûté ce péché de gourmandise ?
Comme tu ne devinerais pas, je vais te le dire.
Dix francs, mon cher, et encore le paysan m'a ju-
ré, par trois fois, qu'il y perdait, et qu'il ne m'a-
vait laissé monter sur son cerisier, qu'à cause de
ma mine d'honnête garçon.

J'ai bien peur de ne jamais dépouiller mon
caractère campagnard. Quoique je m'entende à la
comptabilité et au commerce, aussi bien qu'au-

cun garçon de mon âge, il me manque un je ne
sais quoi qui est indispensable ici. Témoin l'histoire suivante qui a fait rire tout le magasin, à
commencer par le patron qui lui, par exemple,
riait jaune.

Ma maison fait le demi-gros et le détail. Elle
vend tous les tissus possibles. Je suis chargé du
département des toiles. Dès les premiers jours de
mon entrée en fonctions, M. Roquebœuf m'expli-
qua que certains rouleaux exposés à la montre
avec indication de prix, n'étaient qu'une ruse in-
nocente pour attirer les passants. Ces rouleaux
coûtaient plus cher que le prix auquel ils étaient
offerts au client. On ne devait donc pas les lui li-
vrer ; mais leur substituer d'autres pièces de toiles qui leur ressemblaient fort, quoiqu'elles fussent d'une qualité inférieure.

Les choses marchaient sans encombre, et j'avais
vendu au contentement du patron et des chalands,
bien des pièces et des rouleaux, lorsque m'arriva
l'autre jour un paysan des environs de Paris.

« Monsieur, me dit-il, je voudrions de la toile
pour faire des chemises à notre fils.

— Voulez-vous, dis-je, un tissu fort ou bien un
tissu joli.

— Je préfère, répondit-il, *la jolité à la fortitu-
de*, parce que mon fils est *très usurier*. Ce rouleau-
là fera mon affaire.

Tout en parlant, il m'indiquait une assez forte
pièce de toile mise à la montre avec indication du
prix.

« Venez, dis-je au paysan, je vais vous montrer
la toile que vous demandez.

— Faites excuse, monsieur, répondit-il, c'est
ce rouleau et point un autre que je veux.

Toutes mes explications furent inutiles : le paysan voulut que je lui livrasse la pièce de quatre-vingts mètres mise à l'enseigne, et au prix indiqué.

Que pouvais-je faire ? Il est difficile de refuser de vendre des objets mis ostensiblement en vente avec leur prix sur le corps.

Je fus obligé de céder la pièce. C'était une perte de cent cinquante francs. Le patron s'en fut consolé assez facilement, s'il n'avait pas craint que cette vente ne créât un précédent. Il est certain que si tous les tissus mis à la montre étaient vendus avec les prix indiqués sur l'étiquette, M. Roquebœuf boirait un bouillon amer.

« Vous n'avez guère été adroit, monsieur Roberjeot, me dit-il.

— Mais, monsieur, répondis-je, que pouvais-je faire ? Le paysan s'est obstiné à ne vouloir que la pièce mise à la montre. Il parlait très ferme et très haut ; les passant s'arrêtaient déjà.

— Il fallait, répondit-il, dire à ce butor que la pièce était vendue ; que c'était par négligence qu'elle se trouvait encore à la montre ; que vous alliez l'en ôter lorsqu'elle avait attiré son attention ; qu'il existait dans le magasin des milliers de mètres de toile exactement semblable au tissu qu'il avait choisi. Je vous le répète, monsieur Roberjeot, vous avez été d'une maladresse insigne, tâchez que la chose ne se renouvelle pas.

Hélas ! les reproches du patron sont justes, et je crains bien que les mêmes circonstances étant données, la même maladresse n'ait lieu. Vois-tu, Paul, certaine diplomatie commerciale n'est pas mon fait. Par conséquent, non seulement je n'épouserai jamais la fille du patron ; mais il est à présumer que je végéterai à Paris dixième employé d'une maison de troisième ordre. J'aurais mieux réussi dans l'humble boutique de la Roche-Grêlée. La destinée en ayant décidé autrement, il faut se soumettre. La soumission n'est pas aussi pénible et aussi méritoire que tu te l'imagines. Ne va pas me croire malheureux. Paris a des côtés si séduisants, que les goûts les plus campagnards n'y résistent pas. Si j'avais seulement mon ami Saunier avec moi, je serais bien vite réconcilié avec la vie parisienne.

Ton cousin dévoué,

Joseph ROBERJEOT

Paul Saunier à Joseph Roberjeot

La Roche-Grêlée, 25 septembre 1876

Mon cher cousin,

Merci de la confiance si complète que tu as en moi. Tu avais bien gardé le secret de la promesse faite à ton pauvre père à son lit de mort. Ta mère et ta sœur sont persuadées que tu es parti pour Paris, poussé par la curiosité et par le désir de te créer une situation brillante. Le vin étant tiré, je suis d'avis qu'il faut le boire. Tu as tout ce qu'il faut pour réussir ; car ta probité scrupuleuse et ta modestie ne sont pas des obstacles. Cette réflexion n'est pas de moi ; elle vient de M. Marnas qui a fait, comme tu sais, sa fortune à Paris.

« Votre cousin, me disait-il, avant-hier, après

m'avoir demandé de tes nouvelles, votre cousin possède les qualités essentielles au négociant, l'intelligence et la probité ; qu'il persévère, qu'il ne se laisse pas décourager par les premiers obstacles et il arrivera certainement. »

Je te répète ses paroles textuelles. Courage donc, cousin ! et promets-moi seulement de n'être pas trop ambitieux et de revenir à la Roche-Grêlée lorsque tu auras gagné cinquante ou soixante mille francs. C'est assez. Je te donne huit ou dix ans pour te faire cette petite fortune. Tu auras alors la trentaine ; le bon âge, dit-on, pour se marier.

Sérieusement, cher ami, tu prends trop à cœur les misères du début et de l'apprentissage. Si M. Roquebœuf ne peut pas digérer son rouleau de toile, cherche une autre maison, et n'oublie pas, je te le dis pour la dernière fois, que mes économies, qui grossissent sensiblement, sont à ta disposition.

La vie campagnarde n'est pas plus exempte d'épines que l'existence parisienne. Une de nos difficultés, c'est la rareté des travailleurs, ou comme nous disons ici, le manque de bras. Cette disette produit des résultats désastreux. Les servantes honnêtes et les domestiques robustes et laborieux demandent des prix fous. Si cette augmentation des salaires continue, beaucoup d'ouvriers ruraux gagneront plus que leurs patrons.

Un valet de charrue nous a réclamé, hier, outre la nourriture et le logement, huit cents francs de gages. Nous avons demandé à réfléchir. Il est à croire que nous serons obligés d'en passer par ses exigences. A peine ce brave homme était-il parti, qu'est arrivé un ouvrier chargé de famille. Il voulait acheter cinq hectolitres de blé. Il a jeté les haut cris, et prétendu que les propriétaires et les fermiers cherchaient à faire mourir de faim les prolétaires. Tout cela parce que mon père veut de son blé vingt-cinq francs l'hectolitre. On ne peut pourtant pas payer si cher les domestiques sans vendre en conséquence les produits de la ferme.

Il faudrait de la raison, de la justice, et malheureusement la plupart des gens ne songent qu'à leur intérêt.

Un homme qui ne s'inquiète ni de la hausse des salaires, ni de la cherté des denrées c'est l'ami Rozier. Le Parisien continue à ne rien faire et à attendre la fameuse place de comptable dans une manufacture ; cette place qui doit lui donner trois ou quatre mille francs ; car il continue toujours à n'être pas exactement fixé sur le chiffre de son futur et prochain traitement. Depuis que le projet du casino a échoué, son auteur, désappointé, s'est lancé à corps perdu dans les discusions politiques et religieuses. Il va chercher le mot d'ordre en ville et l'apporte ici. Il distribue des brochures, des journaux et déclame en toute occasion contre les prêtres, les nobles, les bourgeois et les paysans. Les ouvriers des villes sont à son avis les seuls Français honnêtes et éclairés.

Ce qu'il y a de surprenant, c'est que beaucoup écoutent le Parisien et ne jurent que par lui. Ce pilier de café, à qui personne ne vaudrait prêter dix francs, a plus d'influence en matières religieuses et politiques que tous les notables du canton, sans excepter les curés, les maires et le juge de paix.

Il est arrivé à ce propos une assez curieuse histoire. Tu sais combien le petit Sautour est pru-

dent en affaires. Il ne disposerait pas de cent
francs sans avoir pris l'avis de M. Marnas. Il arriva donc l'autre jour chez ce dernier pour le consulter sur le placement de mille écus.

« Voyez-vous, M. Marnas dit-il, ceux qui n'ont
rien sont malheureux ; mais les gens qui possé-
dent quelque chose sont à plaindre aussi. Savez-
vous que mille écus sont une fortune pour un pauvre homme comme moi. Je ne voudrais pas les
perdre après avoir eu tant de peines à les gagner.
Car je les ai gagnés honnêtement et ils ne doivent pas un centime à personne. Pour lors, monsieur Marnas, que me conseillez-vous ? Le pré de
la Gasne est un bon pré ; on ne peut pas dire le
contraire. Mais les meilleurs prés peuvent, faute
d'eau, manquer de foin. Un petit capital bien assis donne, lui, qu'il pleuve ou qu'il grêle, son intérêt. La difficulté est de trouver un placement
qui soit à la fois solide et productif. Il y a la ren-
te sur l'état, les actions, les obligations des che-
mins de fer. On parle aussi du Crédit foncier et
des bons du Trésor. Un pauvre homme est bien
embarrassé. Encore une fois, que me conseillez-
vous ?

— Je vous conseille, dit M. Marnas, de prendre
l'avis de Rozier.

— L'avis de Rozier ?

— Et oui.

— Mais songez donc, monsieur Marnas, qu'il
sagit de mille écus.

— J'y songe bien.

— Consulter Rozier ! Vous voulez rire ?

— Point du tout.

— Le Parisien est le dernier homme que je con-
sulterai sur le placement de mes mille écus.

— Alors, pourquoi le consultez-vous lorsqu'il s'agit d'autres choses. Est-il vrai que Rozier vous a décidé à retirer votre fils de l'école des chers Frères pour le mettre dans une école laïque ?

— C'est vrai, murmura Sautour.

Est-il vrai que le Parisien vous a fait abandonner l'*Echo de la Vérité* pour vous abonner au *Moniteur du Centre*, un journal radical et impie ?

— C'est vrai.

— Eh bien ! dit M. Marnas, donnez à Rozier votre confiance entière. Je trouve singulier qu'on demande mon avis l'orsqu'il s'agit d'argent et qu'on aille chercher celui d'un pilier de café et d'un propre à rien lorsqu'il est question de religion, de morale et de politique.

La leçon ne corrigera ni Sautour ni personne. Les campagnards continueront à faire deux parts de leur confiance. Aux Marnas ils livreront leur bourse, aux Rozier leur conscience.

Il y a d'autres personnes qui témoignent au Parisien une estime qu'il ne mérite pas. On a remarqué qu'il salue Mme Roberjeot et sa fille du plus loin qu'il les aperçoit : il a raison ; mais ma tante et ma cousine sont bien bonnes de lui rendre seulement son salut.

Tu as oublié de m'envoyer le règlement du Cercle catholique dont tu fais partie. M. le Curé de la Roche-Grêlée attend cette pièce avec impatience. Il compte y trouver des idées pour son futur Patronage.

Ton cousin dévoué,

PAUL SAUNIER.

Joseph Roberjeot à Paul Saunier

Paris, 15 octobre 1876.

Mon cher cousin,

Je t'envoie le règlement de notre cercle, en souhaitant qu'il puisse être utile à M. le curé de la Roche-Grêlée. Hélas ! il n'est plus que l'ombre de ce qu'il était, notre cercle catholique ! Depuis ma dernière lettre, un événement a eu lieu, qui marquera dans ma vie.

Je me rendis, dimanche dernier, selon mon habitude, à la messe matinale qui se dit dans la chapelle du cercle. Ce n'était pas M. l'abbé Brochard qui officiait, mais un autre prêtre. Beaucoup de membres manquaient ; il régnait dans l'assemblée je ne sais quelle agitation à peine contenue par la sainteté du lieu.

— Ah ça ! pensai-je, il se passe ici quelque chose de nouveau.

Je ne me trompais point.

La messe finie, M. de Richemond, le président du cercle, nous pria de nous rendre dans la salle de la bibliothèque. Il avait à nous faire une communication importante.

C'était tout simplement l'annonce du départ de M. Brochard.

Le créateur du cercle, celui qui, sous le simple titre d'aumônier, en était l'âme et la vie, venait de quitter Paris et la France, pour se consacrer aux missions étrangères et à l'évangélisation de la Chine. Quelques-uns des assistants connaissaient déjà cette fatale nouvelle. Le plus grand nombre l'ignorait. Pour moi ce fut un coup de foudre. Je ressentis quelque chose de semblable au déchirement de la mort de mon père. L'abbé Brochard n'était-il pas un père pour moi ?

Les membres du cercle sortirent de la bibliothèque et se dispersèrent dans la cour et la salle de récréation. La conversation roula uniquement sur le départ de l'aumônier ; tous s'accordaient non seulement à le regretter, mais à le blâmer. En vain, le président M. de Richemond, essaya-t-il de justifier la conduite du missionnaire, sa parole si persuasive et si écoutée d'ordinaire ne trouva ce jour-là que des sourds.

Enfin, un ébéniste, nommé Geoffroy, se fit l'interprète des sentiments de tous les membres du cercle.

« Voyez-vous, dit-il, monsieur le président, vous ne nous persuaderez jamais que M. L'abbé Brochard a eu raison d'abandonner notre cercle et les autres bonnes œuvres créées et dirigées par lui. La France, plus que le céleste empire, devait intéresser sa charité. Je ne suis jamais allé à Pékin, mais je connais mon Paris à fond, et je puis vous certifier qu'il contient assez de libres-penseurs, d'incrédules, de vicieux, de désespérés, de misérables dans leur corps et dans leur âme, pour occuper le zèle sacerdotal le plus brûlant et le plus dévoué.

Si ce saint prêtre a été poussé par la soif du martyre, il était inutile de se déplacer : il avait ici autant et plus chances d'être martyrisé qu'en Chine. En attendant les avanies, les calomnies, les injures imprimées et verbales ne lui auraient pas manqué. Nos journalistes mangent du prêtre

plus fréquemment, j'en suis sûr, que les manda-
rins et les bonzes de l'empire du Milieu. Puisque
M. l'abbé Brochard est parti sans espoir de retour,
n'en parlons plus, mais on ne m'empêchera pas
de dire que ces Chinois sont d'heureux coquins ».

Ce speech pittoresque et dont je ne donne qu'un
froid résumé, obtint un succès complet. J'allais
sortir, lorsque M. de Richemond me fit signe de
rester.

« Roberjeot, me dit-il, en me prenant à part,
M. Brochard a laissé pour vous un petit billet.
C'est une vraie faveur que je vous prie de tenir
secrète. Notre vénérable aumônier ne pouvait pas
écrire à tous ceux qu'il aimait. Il n'est parti si
brusquement, que pour éviter de longs et déchi-
rants adieux. Quoi qu'il en soit, voici le billet à
votre adresse.

Avec quelle émotion j'ouvris la lettre du missionnaire ! Elle était ainsi conçue :

« Mon cher enfant,

» Je vais où m'appelle depuis longtemps la voix
» de Dieu. De toutes les âmes dont je m'éloigne,
» la vôtre m'est peut-être la plus chère. Souve-
» nez-vous que vous m'avez promis, au lit de
» mort de votre ami Linois, de rester toujours bon
» chrétien. Priez de temps en temps pour le pau-
» vre missionnaire, qui lui ne vous oubliera pas
» devant Dieu.

» BROCHARD,
» prêtre des missions étrangères. »

De ces émotions aux lazzis débités dans le magasin du patron, la transition était brusque ; aus-

si les camarades réussirent-ils à m'agacer tout particulièrement ce jour-là. Il faut te dire que depuis l'affaire du rouleau de toile, ces messieurs m'avaient pris pour plastron de leurs plaisanteries plus ou moins spirituelles. A chaque instant il était question du rouleau: J'avais pris cette scie en patience. Ce jour-là elle m'exaspéra et me fit sortir de mon caractère.

« Messieurs, dit un vieil employé nommé Rupert, vous connaissez l'histoire de l'homme à la toile ?

— Mais non, mais non, fut-il répondu en chœur.

— Eh bien ! alors, oyez tous.

Il y avait une fois une paysanne qui avait un grand garçon de vingt ans et une superbe pièce de toile. Elle envoya le fils porter la toile au marché. Comme Guillaume était un peu naïf, elle ne lui épargna pas les recommandations.

— Surtout, lui dit-elle, défie-toi des gens qui parleront beaucoup. Il est à croire qu'ils chercheront à te tromper.

A peine Guillaume était-il arrivé au marché, que quelqu'un lui demanda le prix de sa marchandise.

— Vous parlez trop, répondit le jeune paysan, vous n'aurez pas ma toile.

Un second, un troisième, un quatrième marchandeur reçurent la même réponse.

Dès qu'on ouvrait la bouche, Guillaume croyait qu'on voulait le tromper et répliquait invariablement :

— Vous parlez trop, vous n'aurez pas ma toile.

— Quelle bête !

— Quel nigaud !

— Eh ! eh ! dit Rupert, il y en a de plus nigauds. Mieux vaut garder sa toile que de la vendre à perte.

— Rupert, m'écriai-je, c'est moi que vous traitez de nigaud ?

— Que celui qui se sent morveux se mouche, dit-il.

— C'est vous qui êtes un morveux, m'écriai-je en m'élançant sur Rupert, la main levée.

Ses camarades s'interposèrent et eurent grand peine à nous séparer.

M. Roquebœuf entra en ce moment. Une discussion aigre s'engagea entre nous. Il m'arriva de traiter sa maison de baraque.

J'aurais appelé le patron voleur et banqueroutier, que l'effet n'eût pas été plus foudroyant.

— Baraque ! la maison de M. Roquebœuf ? Je fus congédié séance tenante.

Quarante-huit heures plus tard, je trouvai une place dans un autre magasin. Je crois que je n'ai pas perdu au change. Outre que je gagne trois cents francs de plus, j'ai la libre disposition de tous mes dimanches ; je mange au restaurant et je couche dans ma chambrette au lieu de dormir sur le comptoir.

Cela n'empêche pas que j'ai eu tort de m'emporter à propos d'une plaisanterie et de manquer de respect à mon patron. L'abbé Brochard y trouve à dire, c'est visible. Voici quinze jours que je ne suis pas allé au cercle. Mes nouveaux camarades m'embarquent chaque dimanche dans des excursions et des parties de plaisir : j'ai juste le temps d'entendre avec beaucoup de distractions une messe basse. Il est vrai de dire que ma vie avait été par trop sérieuse jusque-là. L'arc ne peut pas rester toujours bandé.

Sais-tu que tu es bien sévère pour ce pauvre Rozier ? tes lettres sont remplies de récriminations à son adresse. Il faut de l'indulgence, cousin. Ce que j'en dis n'est pas pour approuver la conduite du Parisien. Sois sûr que ma mère et ma sœur, malgré le salut qu'elles lui rendent, l'estiment à sa juste valeur.

Ton cousin dévoué,

Joseph ROBERJEOT.

Paul Saunier à Joseph Roberjeot

La Roche-Grêlée, 1er novembre 1870.

Mon cher cousin,

C'est un vrai malheur pour toi que le départ de M. l'abbé Brochard. Quoique je n'ai jamais vu cet excellent prêtre, je l'aimais et le vénérais à cause de tout le bien que tu m'en as dit. Quant au mouvement de vivacité dont tu t'es rendu coupable envers M. Roquebœuf, c'est péché véniel. En ma qualité de campagnard positif, je te félicite des trois cents francs d'augmentation que te vaut ta nouvelle position, et des autres douceurs que tu y trouves. Je ne m'accoutumais pas à te voir couché sur un comptoir même garni d'un matelas. Patiente, persévère, et j'en reviens à ce que je t'ai écrit, il te suffira de quelques années de séjour à Paris, pour que tu reviennes à la Roche-Grêlée, vivre non pas en bourgeois oisif, mais en campagnard aisé : la condition la plus souhaitable, à ce que dit Franklin dans un de ses petits livres.

Peut-être ai-je eu tort, ainsi que tu me le reproches, de trop m'occuper de Rozier. Quant à le juger trop sévèrement, je ne mérite pas ce reproche. Lui-même s'est chargé de justifier mes critiques et de bien plus sévères. Quoi qu'il en soit, c'est pour la dernière fois que j'aurai occasion de te parler du Parisien.

J'étais allé dimanche dernier, après vêpres, visiter un champ de betteraves que j'ai créé au bas de la côte des Rouveix. Créé est le mot propre. Mon père, grand défricheur pourtant, était convaincu que le terrain des Rouveix ne porterait jamais que des bruyères, du thym et du serpolet. Grâce à la lecture de quelques livres d'agronomie ; grâce surtout aux conseils que j'ai demandés de vive voix et par écrit à quelques agriculteurs habiles de notre département, j'étais d'un avis opposé à celui de mon père.

— Fais comme tu voudras, me dit l'excellent homme. Plaie d'argent n'est pas mortelle.

Je me hâtai de profiter de la permission. Je fis défoncer le sol jusqu'au tuf et au rocher, et je le saturai des amendements indiqués par les traités d'agriculture pour les terrains de cette nature-là.

Le succès a dépassé mes espérances. J'aurai cette année une récolte passable. L'année prochaine, si la saison se comporte bien, j'en aurai une superbe qui couvrira mes dépenses. Les années suivantes, le sol des Rouveix vaudra les terrains ordinaires du pays.

Tu ne saurais croire, cher cousin, le plaisir qu'on éprouve à transformer en sol arable et fertile, des terrains restés en jachères depuis longtemps, ou qui de mémoire d'homme n'avaient pas été effleurés par la charrue. Je ne suis ni politique, ni éco

nomiste, ni moraliste, ni rien du tout ; mais il me
semble que tout irait mieux si on tournait vers
l'agriculture une partie de l'activité déployée dans
l'industrie et le commerce.

Te souviens-tu ce que nous lisions dans l'histoire de France que nous apprenions à l'école ?
« Sully disait que l'agriculture et le commerce
sont les deux mamelles de la France. » Cette
phrase me revient souvent à l'esprit. Tu as choisi
le commerce, moi l'agriculture ; tâchons, par notre
travail et notre probité, d'y trouver, à défaut de
fortune et même d'aisance, ce pain quotidien qui,
après, tout, suffit et dont tant de saints et de grands
hommes se sont contentés.

J'espère que je moralise !

Pendant que je parcourais mon champ de betteraves, j'entendis deux coups de feu tirés à quelques secondes de distance l'un de l'autre. Le dernier coup fut suivi d'un long cri de douleur, qui
en me glaçant d'effroi me cloua sur place.

Je ne tardai pas à surmonter cette terreur et à
courir du côté d'où les coups de feu m'avaient sem-
blé venir.

Outre que les Rouveix sont éloignés des habita-
tions, rien n'est fréquent et insignifiant dans la
saison de la chasse, comme des coups de fusil ; il
se pouvait donc que personne ne se dérangeât.
Moi-même je n'aurais pas pris garde à la double
détonation que j'avais entendue, si elle n'avait
pas été suivie d'un cri d'angoisse. Ce cri très dis-
tinct, mais faible, n'avait peut-être été entendu
que de moi. Je me hâtai donc, dans la pensée que
ma présence pouvait être utile.

Ma précipitation fut telle, que je ne pris pas
le temps d'aller rejoindre le pont rustique jeté entre

les rives de la Roseille : je traversai la petite
rivière, non sans éprouver un frisson désagréa-
ble ; car la journée était fraîche, et l'eau grossie
par des pluies récentes, m'arrivait à la ceinture.

A peine eus-je parcouru cinquante mètres au
delà de la rivière, qu'un spectacle affreux s'offrit
à ma vue.

Jérôme Mauduit, le vieux et honnête gendarme
de la commune, était étendu frappé d'une balle en
pleine poitrine. A dix pas de lui, Rozier, adossé à
un chêne, épongeait avec son mouchoir, le sang
qui jaillissait d'une large blessure faite à la tête.

Je courus d'abord au gendarme : il ne me fut
pas difficile de constater qu'il était mort.

J'allai alors à Rozier. Tout en m'agenouillant
pour lui donner les soins dont j'étais capable, je
lui dis :

— Au nom de Dieu ! que s'est-il passé ici ?

— Il s'est passé, répondit-il péniblement et
d'une voix faible, que le vieux Mauduit a voulu
me faire un procès-verbal. Comme j'étais en réci-
dive et qu'il s'agissait de l'amende et de la prison,
je l'ai supplié de ne rien voir et de passer son chemin. Voyant qu'il ne m'écoutait pas et se dis-
posait à verbaliser, la colère m'a pris et j'ai tiré
mon coup de fusil sur lui. Le vieux a trouvé le
temps, avant de tomber, de me rendre ma politesse. Je crois que nous avons tous deux notre compte.
Toi, file, et laisse-moi crever tranquillement.

Tu ne peux pas te faire une idée, mon cher Joseph, du cynisme avec lequel ces paroles étaient
dites par ce moribond. Je dissimulai mon dégoût
et m'efforçai de suggérer à Rozier des sentiments
de repentir ; car je croyais que la vie du malheureux ne comptait plus que par minutes et que je

n'aurais jamais le temps d'aller chercher un prêtre et un médecin.

—Tu me rabâches là, me dit-il, un bien vieux
sermon. Il y a beau temps que je ne crois plus à
ces balivernes.

Cette impiété brutale, professée par un mourant
en face du cadavre de l'homme qu'il venait d'as-
sassiner, éveilla dans mon âme des sentiments de
pitié et de charité que je ne me connaissais pas.

— Non ! non ! m'écriai-je, je ne te laisserai pas
mourir avant d'avoir réussi à te faire demander
pardon à Dieu.

Sans y avoir réfléchi, poussé par je ne sais quoi,
j'embrassai ce malheureux comme s'il eût été mon
frère.

Cette marque bien simple d'intérêt le toucha
sans doute ; car je vis les larmes lui venir aux
yeux.

— Saunier, dit-il, tu es heureux d'être resté ici.
C'est le séjour de Paris qui m'a perdu. Oh Paris !
Paris ! Maudit soit le jour où je t'ai connu !

Cependant le sang que je n'avais pas réussi à
arrêter, continuait à couler abondamment de la
blessure béante. Une pâleur livide gagnait par
places, cette face ensanglantée. Le regard se voi-
lait. Je me hâtai de réciter à haute voix l'acte de
contrition ; les lèvres du moribond le murmurè-
rent avec moi. Il réussit à faire, en m'imitant
encore, le signe de la croix. Puis son bras retom-
ba inerte. Il était mort.

Puisse ce repentir tardif, mais sincère, avoir
été accueilli par le Dieu des miséricordes.

Je ne te décrirai pas l'impression causé dans tout
le pays par ce funeste événement. Depuis longtemps Rozier vivait de braconnage et de contreban-

de. On pressentait que les choses finira'ent mal ; mais qui aurait osé imaginer seulement un dénouement pareil ?

Il m'a fallu aller faire une déposition au maire de la commune, au juge de paix du canton et au procureur de la République de l'arrondissement, et répondre à une multitude de questions posées par ce dernier. Le bon Dieu me pardonne ! cet honorable magistrat s'est demandé un moment, je crois, si les choses s'étaient passées comme je les racontais: que j'eusse été un inconnu, un passant, un possesseur de casier judiciaire, et j'avais des chances pour être soupçonné d'avoir assassiné le braconnier et le gendarme.

J'ai raconté à tout le monde le repentir de Rozier et le regret qu'il avait d'avoir quitté sa famille et son pays pour aller se perdre dans la capitale. Maintenant que j'y réfléchis, je me souviens que ce malheureux montrait au catéchisme et à l'école d'aussi bons sentiments qu'aucun de ses camarades. C'était une nature faible que des mauvaises compagnies et les occasions dangeureuses si fréquentes à Paris ont perdue.

Assez sur ce triste sujet, n'est-ce pas ?

Ecris-moi, promptement, mon cher Joseph, il me tarde de savoir si la suite a répondu au commencement, et si tu continues à être satisfait du patron et des collègues. Défie-toi un peu de ces derniers, et ne donne ton amitié qu'à bon escient. Tu sais que M. le curé de la Roche-Grêlée te reprochait d'être trop confiant. Tu n'as pas dû te corriger beaucoup de cet honorable défaut.

Ton cousin,   Paul SAUNIER.

Joseph Roberjeot à Paul Saunier

Paris, 10 novembre 1871

Mon cher mentor,

Car tu es mon mentor, il n'y a pas là à dire. M. le curé de la Roche-Grêlée et l'abbé Brochard ne s'entendent pas mieux que toi à donner des conseils aux gens. Avec quelle sagesse tu me conjures de me défier des mauvaises compagnies, de occasions dangereuses, de mon caractère trop confiant, etc., etc.

Sois tranquille, cousin, nous éviterons ces redoutables embûches.

Quelle terrible fin que celle de ce malheureux Rozier ! Ta conduite, permets-moi de te le dire, a été tout simplement admirable. Sauf l'absolution qu'il lui aurait donnée, et qui n'était pas en ton pouvoir, l'abbé Rochard n'eût pas agi autrement.

Puisque Rozier accuse Paris de l'avoir perdu, il faut bien le croire ; seulement, s'il t'avait été possible de l'interroger et qu'il eût consenti à te répondre, il aurait avoué, j'en suis sûr, que l'oisiveté de la Roche-Grêlée a beaucoup contribué à amener et à précipiter la catastrophe.

La nécessité de gagner son pain de chaque jour, ou bien l'obligation morale d'améliorer une situation déjà flatteuse, l'activité parisienne en un mot étouffe dans leurs germes bien des passions. Peu de motifs ont arrêté autant de sottises que le manque de temps.

Je ne sais pourquoi je t'écris aujourd'hui d'une façon tout entortillée, et presque comme un hom-

me de lettres. Cela revient à dire que l'oisiveté est
la mère de tous les vices.

Mes nouveaux collègues ne sont ni des saints,
ni des hommes pieux, ni peut-être des chrétiens
passables: ce sont des jeunes gens probes, bien
élevés, et incapables des plaisirs coupables et vils.
Pour gais, ils le sont. Il y en a trois ou quatre que
je ne voudrais pas donner pour des modèles d'éco-
nomie. Il est vrai qu'ils sont de ceux qui gagnent
le plus d'argent dans la maison. Un employé de
commerce peut de temps en temps se payer un
dîner fin lorsqu'il gagne trois cents francs par
mois: il n'a pas de frais de représentation.

Telle est l'opinion de Cambournac, un de mes
collègues, qui mange d'habitude au même restaurant que moi, en compagnie de Duron, un commis d'un magasin de nouveautés. Nous achevions,
l'autre soir, tous trois, un assez mauvais dîner,
Cambournac nous dit:

— Etes-vous comme moi, messieurs ? J'ai une
indigestion de beefteack aux pommes et de flageo-
lets. Il me faut absolument un petit extra. Je vous
invite pour dimanche soir, à cinq heures. Nous
nous rencontrerons, si vous le voulez bien, à
quatre heures précises, sur le pont des Saints-
Pères. C'est moi qui régale. Je ne souffrirai pas
qu'aucun de vous paie un radis. C'est entendu,
n'est-ce pas ?

— Si j'étais sûr, dit Duron, que vous ne fissiez
pas de folies.....

— Oui, dis-je, à mon tour, si c'était un dîner
très simple.

— Soyez paisibles, dit-il, tout se passera avec
modération.

Le dimanche suivant, nous débouchâmes, Duron

et moi, de la rue du Bac sur le pont des Saints-Pères, à quatre heures précises; Cambournac nous attendait. Nous voilà partis bras dessus, bras dessous, dans la direction du boulevard des Italiens. Notre amphytrion avait fait choix d'un restaurant du premier ordre, situé non loin de ces parages, et dont je ne donne pas l'adresse plus précise pour des raisons que la suite de mon récit te fera comprendre.

Quel confort! quel luxe! C'était la première fois que je mettais le pied dans des salons aussi splendides. Je dus me surveiller pour ne pas paraître trop surpris et trop ébloui.

Malgré nos réclamations, Cambournac demanda un cabinet particulier. Nous nous assîmes autour d'une table couverte d'argenterie, de cristaux et du linge le plus beau que j'aie vu de ma vie. La neige fraîchement tombée est moins blanche et moins fine que la nappe et que nos serviettes.

Tu vois, mon cher Paul, que je ne m'encanaille pas. Cambournac mit près d'un quart d'heure à faire la carte du dîner; j'en ai pris un copie que je t'envoie:

Turbot.
Filet de bœuf.
Cannetons.
Perdreaux truffés.
Terrine de Nérac.

—

Vins.

—

Haut-Brion
Pomard.

Chambertin.

—

Dessert assorti.

—

Pêches et raisin.

—

Vieux cognac · chartreuse.

—

Nous nous récriâmes, Duron et moi, en lisant ce menu.

— Laissez donc ! dit Cambournac.

Le dîner fut très gai, et la conversation on ne peut plus cordiale. Mes camarades appartenaient comme moi à des familles du très petit commerce de province, et s'ils n'abordaient pas pour la première fois les splendeurs et les délices de la vie parisienne, ils n'y étaient pas assez familiarisés pour n'en pas goûter presque aussi naïvement que moi les douceurs.

Le chambertin surtout nous parut délicieux.

Duron en avait bu plusieurs fois d'authentique, provenant de la cave d'un des propriétaires de ce cru célèbre ; il nous assura que ce vin qui nous avait été servi avait absolument le même goût et le même arôme que celui qu'il lui avait été donné de boire.

En homme bien élevé, Cambournac critiquait plus qu'il ne louait le dîner qu'il allait payer.

— Je crois, dit-il, que ce chambertin est passable. Les grands restaurants parisiens entendent trop leurs intérêts pour ne pas servir, lorsqu'ils les ont, les vins qui leur sont demandés. Il s'agit de savoir s'ils ont assez de conscience pour avouer que certain crû leur manque. Voulez-vous que nous tentions cette expérience?

— Va pour l'expérience ! dîmes-nous, Duron et moi.

— Connaissez-vous Pigerolles? dit Cambournac.

— Non.

— C'est pourtant le lieu qui m'a donné le jour, et une commune du centre de la France, contenant au moins trois cents habitants. Le climat y est sans douceur. Les vêtements d'été durent 12 ans dans cet heureux pays, parce qu'on les porte à peine un mois chaque année. Les légumes se réduisent à quelques choux et à quelques salades de l'espèce rustique ; les arbres fruitiers sont représentés par le pommier sauvage. Quant à la vigne, elle y est aussi inconnue que l'arbre à thé ou le caféier. Eh bien ! un bourgeois de Pigerolles, venu à Paris pour ses affaires, m'a assuré que, dînant dans un restaurant de premier ordre, il avait demandé du vin de Pigerolles et qu'on lui en avait servi. Je suis curieux de savoir si ce crû est toujours connu sur le boulevard parisien. Ce disant, Cambournac frappa sur le timbre placé devant lui. Le garçon, que nous avions avions congédié pour être plus libres, reparut.

— Garçon ? dit Cambournac.

— Monsieur?

— Du vin de Pigerolles.

— Tout de suite, monsieur.

Cinq minutes plus tard, il reparut avec une bouteille d'excellent vin, ma foi !

Les meilleures choses ont une fin. Ce splendide dîner arriva donc à son terme. Cambournac nous quitta un instant pour aller payer la note.

— Que faisons-nous de notre soirée ? dit-il, lorsqu'il fut de retour.

— Si nous allions au théâtre ? dit Duron.

— C'est ça, répliqua Cambournac, allons aux *Variétés*.

J'avoue que je fus un peu contrarié. Je n'étais pas allé au théâtre depuis que j'habite Paris. L'abbé Brochard assurait que ce genre de plaisirs m'était particulièrement dangereux à cause de la vivacité de mon imagination. Je le répète, je fus contrarié. Mais à la guerre comme à la guerre. Je ne pouvais pas montrer un rigorisme ridicule et planter là mes compagnons. Je suis donc allé aux *Variétés*. La vérité m'oblige à dire que ce théâtre n'est pas une école de mœurs. Je ne conseillerai jamais à une honnête fille de s'aventurer là, et je ne voudrais pas pour tout au monde y conduire ma sœur ou ma mère. Il était deux heures lorsque je me couchai. Ces plaisirs-là deviendraient bien vite des fatigues s'ils se répétaient souvent.

Deux jours plus tard, le patron m'ayant envoyé en course du côté de la Madeleine, je poussai jusqu'au boulevard des Italiens. J'étais curieux de savoir à quel chiffre s'élevait la note du dîner de Cambournac. Je le demandai à l'hôtelier qui me remit une copie de la facture. Notre dîner a coûté cent vingt francs. Le vin de Pigerolles entre dans cette somme pour 8 francs 25 centimes. Ces vingt-cinq centimes *m'ont rendu rêveur*, pour employer une expression parisienne à la mode. Il en coûte pour dîner dans les grands restaurants des boulevards parisiens !

Tu vois que je te fais ma confession complète. De la discrétion, cousin. Ma mère et ma sœur me

croiraient perdu si elles apprenaient que j'ai dîné
à quarante francs par tête que je suis allé au théâtre et que je me suis couché à deux heures après
minuit.

Ton cousin dévoué,

JOSEPH ROBERJEOT.

———————

Paul Saunier à Joseph Roberjeot

La Roche-Grélée, 14 novembre 1876.

Mon cher cousin,

Sois tranquille : ta mère et ta sœur ne sauront
pas par moi ton équipée. Si elles l'apprenaient,
les chères créatures ne te croiraient pas perdu,
ainsi que tu le dis, mais elles seraient inquiètes
et te conjureraient de te défier de tes nouveaux
amis et des parties de plaisir auxquelles ils com-
mencent à t'associer. A mon avis elles n'auraient
pas tort. Ton Cambournac, avec ses dîners fins,
me paraît bien lancé. Quant au théâtre, je n'en
puis rien dire, n'y étant jamais allé ; seulement
tu avoues qu'il ne convient pas à une honnête
fille. Or, franchement, je ne vois pas que ce qui ne
convient pas à une honnête fille, puisse beaucoup
mieux convenir à un honnête garçon.

Et maintenant appelle-moi, si tu veux, ton
mentor. C'est un rôle auquel je ne prétends pas.
Je n'oublie point que tu es mon aîné de six semaines, et qu'à l'école des chers frères, tu as toujours

en le prix de sagesse, tandis que je n'ai jamais pu accrocher que l'accessit.

Connais-tu l'histoire du curé de Saint-Boniface-les-Vignes ? Ce curé de Saint-Boniface-les-Vignes possédait dans sa cave un tonneau de belles dimensions que ses paroissiens remplissaient en y versant, qui une bouteille, qui deux, qui trois, qui dix, selon leurs moyens et leur bonne volonté. Une année d'oïdium et de cherté des vins, un paroissien se dit :

— Ce n'est pas l'absence de cinq bouteilles que j'y versais qui empêchera le tonneau du presbytère de se remplir. Pour cette année, le curé se passera de mon cadeau.

La plupart des paroissiens ayant fait le même raisonnement, le tonneau se trouva vide ou peu s'en faut.

Il se passe à la Roche-Grêlée quelque chose de semblable. La plupart des notables souhaitaient fort de voir M. le curé réussir et établir l'œuvre du patronage dans les appartements destinés au casino de Rozier. Seulement personne ne veut l'aider de sa bourse et de ses démarches. Chacun pense que son défaut de coopération n'empêchera pas l'œuvre de s'établir.

— J'ai beaucoup de charges, disait l'autre jour M. Lobligeois au curé, je suis accablé d'occupations, d'un caractère timide, adressez-vous à M. Robertin. Voici un homme qui est riche, qui a des loisirs et de l'entrain.

M. Robertin renvoya le curé à M. Tournois, un ancien officier, ayant la plus grande influence dans la commune, et qui était l'homme le plus propre à établir le patronage.

M. Tournois accueillit fort bien l'abbé Senac ;

malheureusement un ancien rhumatisme qu'il croyait parti venait de reparaître. Il en avait pour tout l'hiver à se soigner. On verrait au printemps ou plutôt à l'entrée de l'été.

Chose remarquable ! tous ceux qui ont refusé l'abbé Senac, ont eu soin de lui faire remarquer qu'il ne devait pas se laisser décourager pour si peu. Qu'est-ce qu'un homme ? rien. Il ne manquait pas dans la commune, le canton et même l'arrondissement, de bons chrétiens qui se feraient un devoir et un plaisir d'aider à une aussi excellente œuvre.

En définitive, sur vingt notables auxquels le curé de la Roche-Grêlée s'est adressé, dix-huit ont refusé, un a promis sous conditions, et l'autre a demandé à réfléchir.

Quand je pense que ce malheureux Rozier avait réuni plus de quarante adhérents pour son casino ! Une nouvelle preuve que le bien est beaucoup plus facile à faire que le mal.

Parlons un peu de moi, si tu veux. M. Marnas est venu tout récemment me trouver. Il veut me louer pour dix ans, vingt ans ou trente ans, à mon choix, ses huit domaines dont le bail expire dans quelques mois. Il m'a fait des conditions si exceptionnellement avantageuses, que mon père, dont tu connais la prudence, me conseille d'accepter. J'hésite, et il est à croire que la réflexion me décidera à refuser. J'ai aussi peu de goût que d'aptitudes pour le métier de comptable et de régisseur. Si j'acceptais la proposition de M. Marnas, il me faudrait passer le jour à fréquenter les foires, et les soirées à tenir des livres. Impossible de faire de l'agriculture sérieuse lorsqu'on a mille hectares de terrain à surveiller et trois cents bœufs, vaches ou veaux, sans compter un millier de moutons et de brebis à vendre le plus cher possible.

Une belle ferme de deux cents hectares comme la nôtre est mieux mon fort. Cela me permet de mettre la main à la charrue et à la faux : deux outils qui me vont mieux que la plume.

— Voyez-vous, Saunier, me disait l'autre jour M. Marnas, vous manquez d'ampleur dans vos idées. Avec votre instruction, votre activité, vous pouvez aisément conduire un vaisseau : pourquoi vous obstinez-vous à ne vouloir gouverner qu'une barque ?

— C'est que, répondis-je, monsieur Marnas, je connais ma barque, tandis que votre vaisseau m'est inconnu.

Les choses en sont là. Comme le bail n'expire que dans quelques mois, j'ai le temps de réfléchir.

Les dettes pleuvent sur les parents de ce malheureux Rozier. Comme ce sont d'honnêtes gens, ils paieront tout ce que doit leur fils. Ce ne sera pas tout-à-fait la ruine, mais une très grande gêne. C'est dur à leur âge et après avoir travaillé si péniblement. Mme Rozier, se trouvant l'autre jour chez ta mère, lui conseillait de te faire revenir de Paris, un gouffre, disait-elle, où se perdent les jeunes gens.

— Ta mère, tout en la consolant, lui fit assez clairement entendre qu'il y a jeunes gens et jeunes gens, comme il y a fagots et fagots.

C'est ma sœur qui a entendu la conversation et qui me l'a rapportée.

Ah ! cousin, tu serais bien coupable, si tu trom-

pais des espérances ou plutôt des certitudes aussi
sacrées !

Ton cousin dévoué,

Paul SAUNIER.

Joseph Roberjeot à Paul Saunier

Paris, 18 novembre 1876.

Mon cher cousin,

Ta sagesse a raison en me conseillant de me
 flier de mes nouveaux amis et des séductions
 risiennes. Voici ce qui s'est passé.

Duron me dit récemment :

— Vous serez des nôtres, Roberjeot, dimanche
 rochain, n'est-ce pas ?

— Cela dépend, répondis-je.

— Cela, dit-il, ne dépend que de vous.

Il ajouta :

— Je vous déclare que je n'admets aucune excuse. Il s'agit d'une partie de campagne la plus in-
nocente et la moins coûteuse. C'est moi qui régale,
et mes mœurs et mes finances ne me permettent
que des plaisirs honnêtes. Sérieusement, Roberjeot, vous me désobligeriez en ne m'aidant pas à
rendre à Cambournac la politesse qu'il nous a faite.
La campagne est charmante par ces derniers beaux
jours d'automne. Nous irons à Aubervilliers, à
deux pas des fortifications et du champ de Pantin,
illustré par le crime de Troppmann. Nous pren-
drons le tramway. La station est au Château-

d'Eau. Soyez-là à huit heures précises, votre messe entendue ; car je ne voudrais pas vous faire
perdre la messe. Chacun son opinion, rien n'est
plus juste. Ne manquez pas au rendez-vous si
vous ne voulez pas vous exposer à mon inimitié
et à ma vengeance.

Duron est très drôle. On dit qu'il y a chez lu
l'étoffe d'un excellent acteur comique. Ta sagesse
elle-même désarmerait en entendant le ton demi-
sérieux et demi-bouffon avec lequel ces réflexions
étaient débitées. Cependant je ne dis pas oui. Mais
le dimanche suivant, le temps était si doux et si
serein, que je ne me sentis pas le courage de re-
noncer à une partie de campagne, qui allait clô-
turer la belle saison. A huit heures, Cambournac,
Duron et moi, nous montions sur l'impériale du
tramway. Le trajet m'intéressa extraordinaire-
ment. Je ne connaissais ni la Villette, ni la rue de
Flandres, ni la route de Flandres ; des quartiers
excentriques et populeux, qui sont tout un côté
de Paris.

Chose remarquable ! j'étais à peu près le seul à
observer les parages que nous traversions. Mes
compagnons de route, au nombre d'environ vingt-
cinq, étaient absorbés par leur journal. Tu ne te
figures pas la fureur de lecture dont sont possédés
les Parisiens. A pied, en omnibus, en tramway,
en fiacre, partout ils ne cessent pas de lire et de
lire des journaux. L'ancienne gaieté gauloise,
qui se traduisait par la causerie et la chanson,
a été remplacée par la manie politicante.

Un ouvrier assis à mes côtés, et qui avait acheté la *République française*, l'échangea après lecture avec le *Rappel* appartenant à son voisin. Le
Rappel lui fit place, toujours par voie d'échange,

au *XIX* *Siècle*. Sur la plate-forme de ce tramway, les journaux s'échangeaient, circulaient comme dans une salle de lecture. On s'étonne que la politique fasse tourner la tête à tant de Parisiens ; moi j'admire qu'elle ne les rende pas tous fous.

Le tramway nous déposa à la porte d'un cabaret d'Aubervilliers, qui ressemblait au restaurant lu boulevard des Italiens où nous avions dîné, comme un vieux sou usé ressemble à un louis d'or sortant de la monnaie. Après avoir cassé une croûte, bu un verre de cassis et commandé le dîner pour quatre heures, nous allâmes visiter le champ illustré par Troppmann et les lieux circonvoisins. La beauté de ce dimanche d'automne avait attiré beaucoup d'ouvriers et d'employés de commerce, nous nous promenâmes en causant. Les promeneurs étaient un peu mêlés, et ta sagesse aurait trouvé beaucoup à reprendre aux conversations ; mais en somme, on y mettant de l'indulgence, Duron avait réalisé la première partie de son programme ; il ne m'avait servi que des plaisirs honnêtes. Les côtelettes et la friture arrosées d'un vin très ordinaire, constituaient un dîner peu coûteux. Si nous avions repris le tramway à cinq heures, ainsi que je le proposais, il n'y aurait eu rien à dire. Malheureusement on n'en fit rien, et à la nuit tombante, Cambournac nous conduisit à un bal qui était bien le tohubohu le plus échevelé qui se puisse concevoir.

Au bout d'une heure je plantai-là les camarades et retournai à Paris.

Peut être était-il bon que je visse de mes yeux les plaisirs de bas-étage que la capitale offre à ses portes aux gens peu délicats et peu scrupuleux. Quoi qu'il en soit, je te jure que l'expérience

est suffisante et que je ne mettrai plus le pied
dans une pareille salle de bal. Dimanche prochain
j'engagerai Cambournac et Duron à dîner, afin de
ne pas être en reste de politesse avec eux ; après
quoi je les laisserai aller seuls à leurs affaires et à
leurs plaisirs. Notre liaison était de la camaraderie
plutôt que de l'amitié. Rien ne sera plus facile
que de la rompre ; c'est déjà fait.

Le patron m'a augmenté de vingt francs par
mois : une preuve qu'il est content de mes services et que le plaisir ne me fait pas négliger le
devoir. Ce petit supplément est arrivé à point.
Tout est horriblement cher. Qui m'eût dit à la
Roche-Grêlée que je me préoccuperais de la note
de la blanchisseuse ? Vous n'appréciez pas assez
vous autres provinciaux, l'avantage d'avoir du
linge blanc à discrétion.

J'écris à ma mère et à ma sœur, et leur raconte
la partie d'Aubervilliers. Naturellement je passe
sous silence le bal champêtre qui la termina. Inutile que tu complètes mon récit. D'ailleurs, je te
le répète, je suis corrigé.

N'ayant pas eu le temps de clore ma lettre hier
au soir, j'y joins ce matin quelques nouvelles. Il
paraît que le bal d'Aubervilliers a dégénéré à une
certaine heure de la nuit en orgie et en rixe.
Cambournac a été roué de coups et D···on a eu
beaucoup de peine pour l'arracher de cette bagar-
re et le ramener à Paris, à son domicile. Outre
d'autres ecchymoses, il a une énorme bosse au
front et l'œil gauche sorti à moitié de son orbite.
Il lui faudra plus de huit jours pour être en état
de paraître au magasin. Comme le patron est sévère à l'égard des absences non motivées, Duron
lui a fait un conte auquel il a cru. ainsi que tou

le magasin. J'y aurais été pris le premier si je n'avais pas été averti, tant le conteur y a mis de naturel et de bonhomie.

« Nous revenions, a-t-il dit, Cambournac et moi, d'Aubervilliers, où nous étions allés voir un compatriote, lorsqu'à deux cents mètres avant la porte des fortifications, nous voyons une voiture de maître arriver sur nous comme une flèche. Un monsieur et une dame étaient dedans. Ils poussaient des cris qui affolaient de plus en plus leur cheval. Il était évident que la bête s'était emballée et qu'elle ne s'arrêterait qu'à la suite d'un accident. N'étant ni héros ni sergent de ville, je me jettai vivement de côté pour laisser passer l'équipage. Cambournac, lui, se précipita à la tête du cheval, saisit la bride d'une d'une main, les naseaux de la bête de l'autre, et essaya d'arrêter le pur sang ; car c'était un pur sang, rien que cela. Je ne crois pas me tromper en évaluant à cinquante mètres, le morceau de route le long duquel notre camarade a été emporté par le cheval de plus en plus furieux. Tout entraîné qu'il était, il tenait bon, comprimant avec force les naseaux de la bête. Elle s'est enfin arrêtée. Les passants, et les employés de l'octroi, voyant qu'il n'y avait plus de danger, sont accourus. Ils ont dételé le cheval, et le duc et la duchesse de Sommerville sont descendus plus morts que vifs de leur voiture.

— Monsieur, dit la jeune dame à Cambournac, comment vous remercier ?

— En me permettant de baiser votre main, répondit galamment notre camarade.

Sur un signe de son mari, la duchesse de Som-

merville tendit sa main à Cambournac qui la
baisa respectueusement, salua de même, et prit,
appuyé sur mon épaule, le chemin de la phar-
macie la plus voisine, laquelle était par paren-
thèse assez éloignée. Ce n'est qu'au bout d'une
heure de nettoyage et de pansage, que nous avons
pu monter dans le fiacre que j'avais envoyé chercher. Tout le quartier nous a fait une ovation à
laquelle notre modestie s'est hâtée de se soustrai-
re. Je puis le dire, puisque je suis désintéressé
dans la question, il y a des gens qui portent la
médaille de sauvetage et même la croix d'honneur, qui les ont méritées moins que notre
ami.

Il aurait fallu entendre les commentai-
res !

Robin fit remarquer que la duchesse de Sommerville ne pouvait pas s'empêcher de venir désormais faire des emplettes au magasin : elle devait évidemment à son sauveur, cette légère
marque de reconnaissance.

Le petit Jollivet dit qu'il est fâcheux que la duchesse fût mariée. Si son mari eût été son père ou
son frère, l'aventure pouvait se corser. Les exemples ne sont pas rares de jeunes filles ayant donné
leur cœur et leur main au jeune homme qui les
avait arrachées, au péril de sa vie, à une mort
aussi terrible que certaine.

Vaudoux, lui, sortit sur le champ du magasin
pour aller acheter le *Figaro*, espérant y lire le fait
d'Aubervilliers.

Si on était juste, la niganderie des Parisiens
serait aussi célèbre que leur badauderie. Il y a,
bien entendu des exceptions extrêmement nom-

7

breuses, dans lesquelles j'autorise à se mettre
ceux et celles que ma réflexion choquerait.

Ton cousin dévoué,

Joseph ROBERJEOT.

Paul Saunier à Joseph Roberjeot

La Roche-Grélée, 25 novembre 1876.

Mon cher cousin,

Il est rare que je n'aille pas, le jeudi et le dimanche, passer la soirée, avec ma sœur, chez Mᵐᵉ
et Mˡˡᵉ Roberjeot. Inutile de te dire qu'il est souvent question de toi. Contrairement au proverbe
qui prétend que les absents ont tort, tu as gagné,
depuis ton départ, en mérites et en qualités de
toutes sortes. Ces demoiselles ne tarissent pas
lorsqu'il s'agit de chanter tes louanges. Ayant
voulu l'autre jour hasarder une objection timide,
j'ai failli être battu.

Parlons sérieusement. Ta mère est plus clair-
voyante et plus exigeante que ta sœur et que ta
cousine. M'étant trouvé seul avec elle, avant-
hier, elle m'a ouvert son cœur. Elle trouve
que depuis quelque temps tes lettres sont rares, courtes et sèches. Elle n'ose pas te le dire,
mais il est évident qu'elle pense que tu lui ca-
ches quelque chose. Je t'ai défendu de mon mieux,
tu is parvenir à calmer les inquiétudes mater-
nelles. J'ai relu les lettres que tu m'as écrites
dans l'espoir que quelques-unes pourraient être

avantageusement communiquées à ta mère : force m'a été de reconnaître qu'elles ne produiraient qu'un mauvais effet. Mieux vaut encore une lettre courte et sèche que le récit du dîner à quarante francs par tête ou du bal d'Aubervilliers.

Ta mère a écouté en hochant la tête la justification éloquente pourtant que j'ai essayée en ta faveur, après quoi elle m'a dit :

— Vois-tu, Paul, je crains que Joseph ne se défie pas assez des camarades qu'il a rencontrés dans son nouveau magasin. M. Cambournac en particulier ne m'inspire aucune sympathie. Cette amitié naissante ne me dit rien de bon. Je ne sais ce que t'écrit ton cousin ; mais dans les lettres adressées à sa mère et à sa sœur il n'est plus question ni du cercle catholique, ni de la sanctification du dimanche, ni de la messe. Y va-t-il seulement tous les dimanches à la messe ?

— Oh ! ma tante, m'écriai-je, pouvez-vous croire.....

— Et l'abbé Brochard, poursuivit-elle, pourquoi n'en parle-t-il plus ? Il l'aimait tant, il en était tant aimé ! Le missionnaire a dû écrire à M. de Richemond, le président du cercle catholique, et M. de Richemond n'a pas manqué de communiquer cette lettre aux membres du cercle ; pourquoi Joseph ne nous entretient-il pas de ces choses au lieu de nous raconter les faits et gestes de MM. Duron et Cambournac ? C'est comme ce pauvre Linois, il est impossible que mon fils ne soit pas allé prier quelquefois sur la tombe de son ami : j'aurais aimé à lire le récit de ses impressions. Rien. Toujours Duron et Cambournac. Je te dis, Paul, que ton cousin se sera laissé gagner par les dissipations de Paris. Je t'en conjure, mon enfant,

ne manque pas dans tes lettres de lui recomman-
der la sagesse et la piété.

Voilà la commission faite, cousin.

Il paraît que M. Marnas t'a écrit pour te prier
de prendre des renseignements auprès de M. Bé-
riot, éditeur à Paris, 55, quai des Grands-
Augustins : tu aurais oublié de lui rendre ce petit
service. Allons, monsieur le Parisien, ne négligez
pas de la sorte les honnêtes gens de la Roche-
Grêlée.

A propos de M. Marnas, j'hésite de plus en plus
à accepter sa proposition. Ce n'est pas une petite
affaire que douze domaines à gouverner. Mon
père me laisse libre, et c'est précisément cette li-
berté qui augmente mon indécision. Je n'ai pas
envie d'abandonner, pour le commerce des foires,
l'agriculture sérieuse : elle m'a trop bien réussi
jusqu'à cette heure.

Sais-tu que ton cousin s'est couvert de gloire
au dernier Comice agricole de la Raillargère ? J'ai
obtenu une médaille d'or pour mon champ de betteraves, et une médaille d'argent, grand module,
pour une génisse de deux ans. Ces récompenses
m'ont été vivement disputées. Le jury s'est transporté, à deux reprises, sur mon champ de betteraves, ainsi que sur celui de Vigeois, mon concurrent. Parce que Vigeois réussit les topinam-
bours admirablement, ce n'est pas une raison
pour qu'il soit aussi heureux en betteraves. Ainsi
en a jugé le jury qui m'a décerné la palme.

Il y eu encore plus de tirage pour la médaille
d'argent, grand module, qui vaut cent cinquante
francs. Figure-toi que trente génisses se présen-
taient. Après une série d'éliminations il n'est resté
sur le terrain que ma génisse et celle du petit

Massiquet. Il faut ne douter de rien pour oser mettre en regard d'un magnifique animal comme le mien une bête pourvue de deux défauts qu'un berger de quinze ans apercevrait. La génisse de Massiquet a les cornes mal plantées et la tête trop petite.

Voilà ce que mon concurrent n'a jamais voulu voir. Tout le monde répète ici qu'il a fait des bassesses pour être primé, jusqu'à employer des influences politiques ! Le jury, travaillé et sollicité par des personnages, a mis une heure et quart à délibérer. On a calculé que si les autres primes et médailles lui avaient pris autant de temps, il serait resté huit jours en séance. Enfin ! malgré la cabale, la justice et le bon droit ont triomphé dans la personne de ma génisse.

J'étais assis au café du *Point-du-Jour*, avec mon père, lorsque Lobligeois est venu nous annoncer officieusement la bonne nouvelle, avec recommandation expresse de la tenir secrète. Il paraît qu'il est allé, sans faire semblant de rien, écouter aux portes de la salle du jury.

La distribution des récompenses eut lieu le lendemain dimanche. Les autorités et les gros bonnets de l'arrondissement étaient sur l'estrade. Le président du Comice a prononcé un discours qui est un des plus éloquents que j'aie entendus de ma vie.

« Pourquoi, s'est-il écrié, pourquoi ma voix
» n'est-elle pas assez forte pour arriver jusqu'à
» ces multitudes de jeunes gens et d'hommes va-
» lides qui ont préféré à l'agriculture le commerce
» et l'industrie, et qui végètent maintenant dans
» les grandes villes, attendant, les bras croisés, la
» reprise des travaux ! Revenez, leur dirais-je,

» revenez · les plus courtes folies sont les meil-
» leures. Chez nous le travail abonde, les bras
» manquant, les salaires sont rémunérateurs. Re-
» venez vivre au milieu de la fécondité et de la
» paix de nos campagnes. »

Ma première médaille fut saluée par les murmu-
res les plus flatteurs ; mais lorsqu'on annonça la
second je crus que la salle allait s'écrouler, tant
les applaudissements furent unanimes, prolongés
et bruyants. Ah ! monsieur Massiquet ! cela vous
apprendra à monter des cabales.

Le maire de la Roche-Grêlée me pressa sur son
cœur ; le président du Conseil général me serra
les deux mains ; le sous-préfet me tapa sur l'é-
paule en m'adressant des paroles bienveillantes
que mon émotion ne me permit pas de saisir.

Si je n'ai pas dîné avec le sous-préfet, les membres du jury et les gros bonnets de l'arrondissement, chez M. le comte Des Mares, c'est uniquement faute de place. Ma génisse a été reconduite,
couverte de fleurs et de rubans, et au bruit des
violons, à son étable. Martineau et Laurençon
venaient derrière elle, portant une grande corbeil-
le pleine de betteraves appartenant au champ
primé.

Deux jours plus tard, dans notre grange neuve,
transformée en salle à manger, mon père a donné
un dîner de trente couverts. Ta mère et ta sœur
en étaient, bien entendu. Toi seul, mon cher cousin, manquais et rendais la joie et la fête incom-
plètes.

Une pyramide de betteraves avait été élevée au
milieu de la table, au dessert, Martineau et Laurençon sont allés chercher la génisse : ils voulaient
absolument l'introduire dans la salle du festin. Il

a fallu que mon père élevât la voix pour calmer
un peu cette folle jeunesse. Voyant cela, Laurençon
a eu l'idée d'aller prendre dans ma chambre les
deux médailles qui m'ont été décernées. Il les a
apportées dans la salle et a voulu me les attacher
sur la poitrine. Mᵐᵉ Roberjeot a demandé alors
timidement la parole, qui lui a été accordée par
mon père.

Sais-tu, cousin, pourquoi ta sœur a demandé la
parole ?

C'était tout simplement afin de proposer que les
deux médailles fussent attachées, non pas sur ma
poitrine, mais à chacune de mes oreilles.

Je te laisse à penser si on a ri de bon cœur.

Tu vois que les provinciaux et les villageois
ont eux aussi leurs fêtes et leurs plaisirs.

Ton cousin dévoué,

PAUL SAUNIER.

Joseph Roberjeot à Paul Saunier

Paris, 30 novembre 1876.

Mon cher cousin,

Ma mère avait bien raison de me mettre en garde contre Cambournac. Ce jeune homme est déci-
dément un faux ami. Il vient de me faire com-
mettre une sottise que je regrette beaucoup et que
je confesse à toi seul. Tu te souviens qu'avant de
rompre avec le héros du bal d'Aubervilliers, je
voulais lui rendre la politesse qu'il m'avait faite
en m'engageant à dîner au restaurant du boule-

vard des Italiens. Je l'engageai donc à mon tour, ainsi que Duron, à un repas moins somptueux que le sien, mais très convenable. Nous allâmes, au sortir de table, prendre le café dans un établissement assez éloigné et choisi par Cambournac. Cet établissement, d'apparence honnête, renferme, sous les combles, un tripot clandestin fréquenté par messieurs les employés de commerce et commis de magasin. Cambournac et Duron ayant joué et gagné, leur exemple me décida à aventurer une pièce de 5 fr. Je gagnai, puis je perdis, je gagnai de nouveau et perdis encore. En définitive, je sortis du tripot à quatre heures du matin, ayant perdu, outre 60 fr. que j'avais dans ma bourse, 400 fr. sur parole.

Comme les dettes de jeu sont sacrées, j'ai emprunté à Cambournac pour payer les deux Français ou les deux Grecs qui m'ont gagné ou qui m'ont volé mon argent. Je t'en prie, cousin, envoie moi 400 fr, par le retour du courrier, afin que je paie Cambournac et que je rompe définitivement avec lui ainsi qu'avec Duron. La leçon est chère, mais elle me profitera sois-en sûr.

Ton cousin dévoué,

JOSEPH ROBERJEOT.

Paul Saunier à Joseph Roberjeot

Mon cher cousin,

Tu trouveras ci-inclus six cents francs au lieu de quatre cents que tu me demandais. Paie toutes tes dettes ; plante là Cambournac et compagnie, et reprends le chemin du cercle catholique : je crois que tes vrais amis sont là. Tu pourras alors écrire longuement et cordialement à ta mère et à ta sœur, parce que tu n'auras plus rien à leur cacher. T'aiment-elles, les chères créatures !

Ta mère regrette de n'avoir pas assez insisté pour te garder. Sois sûr qu'elle-même irait te chercher, si elle pouvait soupçonner que c'est par dévouement pour elle et pour ta sœur que tu es parti.

Ton cousin dévoué,

PAUL SAUNIER.

———

M. de Richemont, président du cercle catholique de X..., à Paris, à M. Paul Saunier, agriculteur à la Roche-Grêlée.

Paris 1er mai 1877.

Mon cher monsieur,

Quoique je ne vous aie jamais vu, vous ne m'êtes pas étranger. Je connais votre âge, votre taille, votre caractère, vos croyances religieuses, vos opinions politiques, votre profession, votre parenté, votre fortune. Plusieurs particularités de votre vie sont arrivées jusqu'à moi. N'avez-vous pas aidé M. le curé de votre paroisse à empêcher l'établissement de certain casino? N'avez-vous pas assisté à la mort tragique d'un malheureux garçon nommé Rozier, et ne lui avez-vous pas suggéré des sentiments de foi et de repentir? N'est-ce pas vous que le Comice agricole de la Raillargère a gratifié de deux médailles?

De votre côté, quoique vous ne les ayez pas vus, vous connaissez M. l'abbé Brochard, feu Linois et M. de Richemont, le président du cercle catholique le X...., à Paris. C'est ce dernier qui a le plaisir de vous écrire.

Vous devinez qu'il s'agit de votre ami Roberjeot. Je vous écris à son insu, il est vrai, mais dans son intérêt : il m'importe donc peu que cette lettre tombe sous ses yeux. Néanmoins, je vous serais reconnaissant de la tenir secrète.

Quelque attachement que j'aie pour les membres de mon cercle, il ne m'est pas possible de m'occuper d'eux hors de nos réunions. Je fais une exception en faveur de Joseph, à cause de la tendresse qu'avait pour lui le saint abbé Brochard, et aussi parce que je sais qu'il a en vous un parent dévoué et chrétien qui me comprendra.

Outre que votre cousin donne facilement sa confiance, il s'ennuyait beaucoup au début de son séjour à Paris, aussi nous prit-il, l'abbé Brochard et moi, pour ses confidents intimes. La plupart de vos lettres m'ont été communiquées.

Nous profitâmes de la confiance qu'il nous témoignait, pour l'affermir dans les sentiments d'honnêteté et de piété qu'il apportait de son pays natal. Si l'abbé Brochard n'était pas parti pour les Missions-Étrangères, Roberjeot, serait resté probablement un des membres les plus assidus et les plus édifiants du cercle, et je n'aurais pas l'obligation de vous écrire.

A peine l'abbé Brochard était-il parti, votre ami froissé et découragé, quitta, à cause de quelques plaisanteries inoffensives, la maison de commerce où il était employé. Sans être chrétien, le chef de cet établissement était honnête et s'efforçait d'avoir des aides honnêtes et sérieux. Tout autres furent les collègues de Joseph dans son nouveau magasin. Deux jeunes gens qu'il est inutile de vous nommer prirent bientôt sur lui un ascendant fâcheux. Il fut par eux entraîné à des parties de plaisir, dont le moindre inconvénient était de lui rendre impossible la sanctification du dimanche. Son assiduité aux réunions du cercle diminua, et finit par cesser entièrement. Je lui écrivis alors au nom de M. l'abbé Brochard, et en invoquant le souvenir du pauvre Linois. J'eus le regret de voir ma lettre rester sans réponse.

Quelles ne furent pas ma surprise et ma joie, en voyant Joseph entrer dans mon cabinet dans les premiers jours de décembre de l'année 1876 ! Il se jeta dans les bras que je lui ouvris. Il me raconta ensuite en détail, qu'après l'avoir conduit à des théâtres et à des bals de la pire espèce, de faux amis l'avaient mené dans un tripot clandestin. Il avait perdu là quatre cents francs sur parole. Averti, vous vous étiez empressé de lui envoyer six cents francs afin qu'il pût payer toutes ses dettes. Ce procédé, aussi généreux que délicat, l'avait touché profondément. Il voyait enfin où étaient ses amis véritables.

« Monsieur de Richemont, me dit-il, j'ai repris le chemin du cercle : soyez sûr que je ne déserterai plus.»

Cette résolution dut être affermie par une lettre venue du fond de la Chine, et dans laquelle l'abbé Brochard avait mit un mot pour votre ami. C'était un honneur insigne d'être ainsi distingué parmi les milliers de personnes que le missionnaire avait connues à Paris : Joseph le comprit et s'en montra plus touché encore que fier.

Deux mois durant il assista, non seulement à la messe de notre chapelle, mais aux vêpres et au salut. Ses traits avaient repris la sévérité d'autrefois ; il se montrait comme à l'époque de l'abbé Brochard, confiant, enjoué, charmant. Le cercle tout entier se réjouissait de l'avoir reconquis. Tout-à-coup il cessa de venir et ne donna plus signe de vie.

J'aime beaucoup les cercles catholiques ; je les regarde comme un moyen providentiel donné de nos jours aux jeunes travailleurs des grandes villes pour persévérer dans les croyances et les pratiques de la religion. Néanmoins, si je crois cette institution très utile, je sais qu'elle n'est pas indispensable. L'église paroissiale sera toujours le grand foyer de la vie pieuse. Même à Paris il existe une multitude d'employés de commerce et d'ouvriers, qui n'ont aucune relation avec les cercles catholiques. Si votre ami n'avait fait que nous quitter, j'aurais supposé charitablement qu'il remplissait ailleurs ses devoirs religieux, et je ne vous eusse pas écrit, je vous adresse cette lettre parce que viens d'apprendre, de source certaine, que

Roberjcot fréquente plus assiduementquejamais les amis vicieux qui l'avaient, de son aveu, entraîné à l'oubli de ses devoirs.

Une telle faiblesse me fait tout craindre.

Écoutez, mon cher monsieur Saunier, ce que m'a appris une douloureuse expérience.

Des nombreux employés de commerce que la province envoie à Paris avec la foi des mœurs chrétiennes, quelques-uns persévèrent malgré les occasions et les séductions de tout genre. Par leur assiduité aux offices du dimanche, par leur tenue recueillie, ils sont l'édification de la paroisse ou du cercle catholique. Il n'est pas rare d'en voir qui assistent tous les jours à la messe et qui communient fréquemment. A Paris plus que partout ailleurs, la vie du chrétien est une bataille. Ces bons jeunes gens savent que la prière et les sacrements sont indispensables à qui veut remporter la victoire.

Ceux-là sont le très petit nombre et l'élite.

La plupart des jeunes gens dont je parle se laissent ou absorber par le travail ou gagner par le mauvais exemple, ou séduire par les plaisirs faciles.

Au bout de quelque temps ils ont abandonné les pratiques chrétiennes les plus essentielles. Leur mère et leur oncle le curé ne les reconnaîtraient plus. Tel qui servait la messe il y a six ans dans sa petite ville, se vante de ne pas croire en Dieu. L'honnêteté survit seule à ce naufrage. Ils restent probes et laborieux. Ils ont l'estime de leur patron, de leur propriétaire, de leur restaurateur, de leurs camarades, et ils méritent cette estime précieuse, car ils sont assidus au magasin, ils paient leur terme, soldent exactement leurs dé-

jeûners et leurs dîners, et se montrent bons camarades. Aussi tous ceux qui les connaissent, leur
décernent-ils le brevet d'homme d'honneur et de
charmant garçon.

Beaucoup moins nombreux, mais en trop grand
nombre encore, sont ceux que les passions entraî-
nent non seulement hors des bornes de la religion
et de la piété, mais au delà de l'honnêteté et de
l'honneur. Combien j'en ai vu finir par la flétris-
sure, la prison et le suicide !

Tout porte à croire que votre ami n'ira pas à ces
excès. Il restera en règle avec le code, la loi, la
gendarmerie et la justice. Sa famille n'aura jamais
à rougir de lui. Son maire pourra lui donner un
certificat de bonnes vie et mœurs. Mais, mon cher
monsieur, est-ce assez ? Pouvons-nous nous
résigner vous et moi à voir ce malheureux jeune
homme perdre son âme et l'amitié de Dieu ? Je
vous en conjure, employez toute votre influence à
ramener Roberjeot à la sagesse et à la piété. Vous
pouvez beaucoup plus que moi. La réponse qu'il ne
fait pas aux lettres de M. de Richemont, il ne la
refusera pas à celle de son cousin et ami Paul
Saunier. Parlez-lui de son père dont il a gardé un
si cher souvenir ; peignez-lui la douleur de sa
mère et de sa sœur. Touchée par vous, cette corde
de la piété filiale vibrera, et Dieu fera le reste. Car,
il n'est pas possible que Dieu laisse s'égarer jusqu'au bout, un aussi bon cœur que ce pauvre
Joseph.

Agréez, mon cher monsieur, l'assurance de mes
meilleurs sentiments.

Louis de Richemont.

Paul Saunier à M. de Richemont, président du cercle catholique de X., à Paris.

La Roche-Grélée, 3 mai 1877

Monsieur,

Merci, mille fois, de l'intérêt que vous portez à mon cousin et de la confiance que vous me témoignez. Depuis plusieurs semaines Joseph a cessé de répondre à mes lettres. Je crains, comme vous, que les mauvaises compagnies ne l'aient entraîné, sinon hors de l'honnêteté et de l'honneur, au moins hors de la sagesse et de la piété. Je vais réfléchir, consulter discrètement ; après quoi je ferai tout ce que je pourrai pour ramener mon malheureux parent dans le bon chemin. Je crois avoir trouvé un moyen ; mais il s'en faut qu'il soit infaillible. Je vous en supplie, monsieur, ne cessez pas de lui garder votre bienveillance et vos bons services. Vous pouvez beaucoup plus qu'un jeune campagnard sans expérience et n'ayant que le désir de bien faire.

Il faut que votre Paris soit un lieu bien dangereux pour séduire et perdre tant de gens. J'habite un bourg ; je ne suis jamais sorti de mon département, et cette nuit, en y réfléchissant, j'ai compté vingt personnes ayant très mal tourné à cause de leur séjour dans la capitale.

Soyez sûr que votre lettre ne sera jamais connue que de moi. Je n'en parlerai pas même à ma tante et à ma cousine. Mme et Mlle Roberjeot, déjà fort inquiètes, le deviendraient bien davantage si elles savaient où en est Joseph. Nous le sauverons sans qu'elles aient connu tout le danger qu'il a couru.

Veuillez agréer, monsieur, l'expression de mes respectueux hommages.

Votre très humble serviteur,

Paul SAUNIER.

———————

Paul Saunier à Joseph Reberjoot

La R che-Grêlée, 4 mai 1877.

Mon cher cousin.

Tu mériterais des reproches pour ta négligence à répondre à mes deux dernières lettres : ma générosité te les épargne, et j'arrive au but.

J'attends de ton amitié un service, au besoin, un sacrifice.

Le temps est venu de répondre aux propositions de M. de Marnas. Je t'ai conté que ce riche et honorable propriétaire m'a offert de prendre à bail les dix belles fermes qu'il possède dans le pays. Après avoir longuement réfléchi, j'étais déterminé à refuser. Deux cents hectares à cultiver, me semblaient une assez lourde charge, sans aller me mettre sur les bras mille hectares de plus.

Heureusement ou malheureument, ma résolution a rencontré des observations et des objections présentées par des gens qui méritent d'être écoutés.

Ça d'abord été mon père.

— Paul, m'a-t-il dit, réfléchis encore avant de dire non. Parce que j'ai été toute ma vie un laboureur et un petit fermier, ce n'est pas une raison

pour marcher entièrement sur mes traces et refuser d'améliorer ta position. Outre que jamais bail
aussi avantageux ne m'a été offert, je n'avais ni ta
santé, ni ton instruction, ni ton petit capital. Sais-
tu bien que si j'avais seulement dix ans de moins,
je me chargerais, aidé par toi, de gouverner les
terres de M. de Marnas? Lorsqu'un homme aussi
inexpérimenté, aussi négligent, disons le mot,
aussi ivrogne que l'ancien fermier, n'a pas perdu
d'argent avec un loyer de trente mille francs,
comment n'en gagnerais-tu pas quand M. de
Marnas ne t'en demande que vingt-sept mille?
C'est une occasion unique et que tu regretteras
toute ta vie d'avoir laissé échapper.

Le jour même où mon père m'avait ainsi parlé,
je recevais une lettre de M. Aubrugeois, le président de la Société d'agriculture de Bourges. La
voici :

Mon cher Saunier.

Vous avez raison de préférer la culture intensive
à la culture extensive. Deux cents hectares bien
soignés valent mieux que six cents négligés ou
traités d'après la routine et les mauvaises métho-
des.

Cela n'empêche pas que votre modestie vous
trompe en vous faisant croire que vous n'êtes pas
capable de diriger une grande exploitation agricole. C'est une tâche que vous pouvez au contraire
très bien remplir. Il ne faut que négliger un peu
les détails et vous habituer à des vues d'ensemble.
Il était nécessaire de débuter, comme vous l'avez
fait, c'est-à-dire de mettre la main à la charrue,
à la houe et à la faux. Maintenant que vous connaissez à fond votre métier, vous pouvez com-

mander hardiment et promener sur une grande
exploitation l'œil du maître.

Je connais parfaitement les propr'étés de M. de
Marnas, et je vous assure qu'au prix qu'il en demande, vous pouvez signer le bail des deux mains.
Mes conseils et au besoin mon crédit, sont toujours
à votre disposition.

AUBRUGEOIS.

Le croirais-tu ? Jusqu'à M. le curé de la Roche-
Grêlée, qui oubliant ses anciens conseils, est venu
me souffler des idées d'ambition !

Il est vrai que l'excellent homme se place à un
autre point de vue que ceux de mon père et de M.
Aubrugeois : il pense au spirituel plus encore
qu'au temporel.

— Vois-tu, Paul, me disait-il, il n'est pas défendu de travailler à acquérir l'aisance et même la
richesse, lorsqu'en y travaillant on peut empêcher
du mal, faire du bien, exercer sur plusieurs une
influence salutaire. C'est le cas pour toi. Ce bail
que tu hésites à accepter est convoité, je le sais,
par trois ou quatre petits bourgeois campagnards,
qui ne voient là qu'une affaire d'argent. Que les
cent trente personnes qui cultivent les terres de
M. de Marnas, se conduisent en chrétiens ou en
païens, c'est le moindre de leurs soucis. Il les lais-
seront travailler le dimanche et les y obligeront
peut-être. Sauf l'homicide et le vol, ces cent trente
chrétiens pourront violer tous les commandements
de Dieu et de l'Eglise, sans que leur maître y op-
pose un conseil ou une remontrance. Crois-moi,
Paul, accepte les propositions de M. de Marnas,
ne serait-ce que pour être utile à ces honnêtes cul-
tivateurs en leur donnant de bons exemples, de

bons conseils, et au besoin, dans la mesure du possible, des ordres pleins de fermeté chrétienne Ces observations m'ébranlaient sans me décider, Il est à croire que j'aurais dit non sans le père Philippe, un vieux valet de charrue qui est chez nous depuis près de trente ans.

— Philippe, lui dis-je, savez-vous qu'on veut me faire prendre à bail la terre de M. de Marnas ?

— Oui, notre maître, répondit-il.

— Que me conseillez-vous ?

— Oh ! notre maître, que voulez-vous que vous conseille un pauvre homme comme moi ? Il faut prendre l'avis de votre père, de M. le curé, des gens sages et habiles.

— Je l'ai fait, Philippe, et malgré tout j'ai besoin de savoir votre opinion.

— Pour lors, notre maître, combien M. de Marnas demande-t-il du fermage.

— Vingt-sept mille francs.

— Ce n'est pas cher ; les terres sont bonnes ; les prairies de première qualité. Il y a de l'argent à gagner. Le malheur c'est qu'il y a trop de travail pour un homme seul, cet homme fût-il jeune, habile et laborieux. Les choses iront encore tant que vous serez en santé ; mais que vous tombiez malade seulement quinze jours, vos douze cents hectares ne se gouverneront pas tout seuls. A votre place, voyez-vous, notre maître, je prendrais un bon associé. Il y a du travail, et par conséquent du profit pour tous deux.

— Merci, Philippe, répondis-je.

Plus j'y réfléchis et plus je suis convaincu que le bonhomme a raison. Je trouverai un associé qui consentira à prendre le fermage de moitié avec moi, ou je refuserai M. de Marnas.

Cet associé est tout trouvé : c'est toi, si tu veux. Ce ne serait pas abandonner ta partie et quitter le commerce, puisque, dans mon plan, tu serais chargé de la comptabilité et de la vente des grains, du bétail et autres produits de la ferme. Moi je m'occuperais des fumures, des semailles, des récoltes, de la culture, en un mot. Autant je doute du succès si je suis seul autant, à nous deux, j'en suis assuré.

Je t'en prie, cousin, accepte ma proposition ; tu me rendras un service dont je te serai toute la vie reconnaissant. Et puis, quel bonheur tu causeras à ta mère et à ta sœur ! Elles s'accoutument de moins en moins à ton absence. Sois sûr qu'avant peu Mᵐᵉ Roberjeot te suppliera de revenir à la Roche-Grêlée. Voudras-tu désobéir à ta mère ? Évidemment non. Et cependant ton père avait raison : votre petit commerce de draperie ne peut suffire à occuper et à faire vivre ta mère, ta sœur et toi.

L'idée de t'avoir pour associé ne me quitte plus. J'y pense le jour et la nuit. Ma préoccupation est telle, que ma sœur — la fille la plus rieuse du monde — l'a remarquée. J'ai été aussitôt mis à la question ordinaire et extraordinaire. Jamais juge d'instruction n'a déployé autant de finesse, ni montré autant de persistance. J'ai tenu bon et gardé mon secret. Si je l'eusse laissé échapper, ta mère et ta sœur l'auraient su avant la fin de la journée, et tu te serais vu assailli de supplications contre lesquelles tu n'aurais pas p t tc céd

Or, je ne veux pas d'un service forcé. C'est volontairement et librement qu'il faut que tu me rendes ou que tu me refuses l'important service que je te demande. Ce qui est sûr, c'est que le bail proposé par M. de Marnas, sera signé par toi et moi, ou bien n'aura jamais ma signature.

Au moment de fermer ma lettre, le fermier qui abandonne les terres de M. de Marnas, vient me dire qu'il désire vendre un tilbury presque neuf, et un jeune, bon et beau cheval, qui lui servaient à le transporter aux foires et marchés de l'arrondissement, pour surveiller la vente des produits de la ferme.

Ah! cousin, le joli petit équipage: écris-moi bien vite si je dois l'acheter, car les amateurs abondent.

Ton cousin dévoué, Paul SAUNIER.

Joseph Roberjeot à Paul Saunier

Paris, 8 mai 1877.

Mon cher cousin,

Achète le tilbury: j'accepte.

Ah! cher Paul, ce n'est pas moi qui te rends service; c'est toi qui me retires de l'abîme. Si je suis resté longtemps sans t'écrire, c'est qu'il aurait fallu te tromper, et quoique bien coupable, je ne suis pas descendu aussi bas que cela. Que te dirai-je? Après avoir rompu avec Cambournac et Duron, j'ai rencontré des compagnies pires. Hélas! je les ai rencontrées parce que je ne les ai pas évitées, disons le mot, parce que je les ai cherchées. Pour garder intactes sa foi et ses mœurs, il faut ici fermer les yeux, se boucher les oreilles, et tenir en

haut son cœur : or, j'avais cessé depuis plusieurs
mois de veiller et de prier. Qui m'eût dit, lorsque
j'étais à la Roche-Grêlée, que je manquerais la
messe le dimanche sans remords? que j'écouterais
sans peine des plaisanteries à l'adresse de la religion, et que, cédant au respect humain, j'en for-
mulerais moi-même? que je passerais mes nuits
au jeu? que j'engagerais au Mont-de-Piété ma
montre et mes meilleurs vêtements? car, j'en suis
là, et j'ai besoin que tu me fasses un nouveau prêt
de quatre cents francs pour pouvoir payer mes
dettes et mon voyage.

Aussi ne t'étonne pas de ce que je vais te dire :
Je consens bien volontiers à être ton régisseur
ou ton commis; mais non ton associé. L'association n'est pas possible entre deux personnes dont
l'une apporte tout et l'autre rien. C'est donc une
affaire entendue, et tu signeras seul le bail à con-
clure avec M. de Marnas.

Les céréales et les bestiaux me sont moins con-
nus que les tissus: tu auras besoin de guider quelque temps mon inexpérience. En revanche, je puis
t'assurer que la comptabilité de ton exploitation
agricole sera bien tenue. C'est mon fort que la
tenue des registres de commerce. Un mince talent
qui ne m'a pas empêché de faire des dettes.

Une fois décidé à accepter ta proposition et à
quitter Paris, je suis allé faire un visite d'adieu à
M. de Richemont, le président du cercle catholique de X. Oubliant l'ingratitude et l'impolitesse
dont je m'étais rendu coupable, en cessant brusquement de le voir, cet excellent homme m'a reçu
avec la plus grande bienveillance, et après m'avoir
écouté, m'a félicité de ma résolution.

— Soyez sûr, m'a-t-il dit, que l'abbé Brochard

approuverait votre départ. Il restera toujours assez de jeunes gens à Paris.

Ma lettre jetée à la poste, j'irai visiter la tombe de ce pauvre Linois. Après quoi je rentre chez moi, et je n'en sors plus que pour aller prendre mon billet à la gare et monter en wagon. Je me connais; je connais Paris: pour être un peu sûr de moi, il faut que j'aie mis une distance honnête entre ma faiblesse et ses séductions.

Tu peux annoncer à ma mère et à ma sœur le prochain retour de l'enfant prodigue. Ah! Paul, ma vie ne sera pas assez longue pour te remercier de m'avoir rendu à l'amour de ces chères créatures.

Ton cousin dévoué,

JOSEPH RODERJEOT.

M. le curé de la Roche-Grêlée à M. de Richemont président du cercle Catholique de X., à Paris.

La Roche-Grêlée, 10 septembre, 1877.

Monsieur,

Je remplis la promesse que je vous fis à Paris de vous donner des nouvelles de notre cercle et de ceux de ses membres que vous connaissez. Grâce à vos conseils, il marche, notre cercle. Déjà nous comptons seize associés. Rien ne nous empêchait de doubler ce nombre; mais sur votre avis, j'ai préféré la qualité à la quantité. Je me suis souvenu de ce que vous me disiez·

— Surtout, monsieur le curé, donnez la plus grande attention aux débuts ; veillez à la formation du noyau. Règle générale : tant valent les six premiers membres, tant vaut le cercle dans la suite.

De nos seize membres, dix s'approchent des sacrements tous les mois : six aux principales fêtes de l'année. Nous n'avons pas de chapelle à cause de notre pauvreté et de l'étroitesse du local, et il est à croire qu'elle nous manquera toujours. L'inconvénient est moindre qu'ailleurs à cause de la très grande proximité de l'église. La plupart de mes confrères prétendent même que cette absence de chapelle est un bien, puisqu'elle oblige les membres du cercle à édifier en pleine église toute la paroisse, au lieu de s'édifier obscurément entre eux dans les murailles d'un oratoire. Quoi qu'il en soit, et sans vouloir décider la question, je constate que ma paroisse reçoit la plus grande édification de l'assiduité des membres du cercle à la messe, aux vêpres, au sermon et au salut des dimanches et des fêtes. Ils y assistaient bien autrefois ; mais outre qu'il leur arrivait d'aller parfois dans les paroisses environnantes, ils se plaçaient, qui dans le chœur, qui dans la nef, qui dans la tribune, qui dans une chapelle latérale, qui à la porte de l'église et à la portée du bénitier. Mes seize brebis étaient dispersées et disséminées ; aujourd'hui elles forment un petit troupeau qui se tient en bon ordre à deux pas de la balustrade du chœur, et en face de la chaire. Mes dévotes assurent que je prêche mieux depuis que j'ai devant moi ce groupe d'auditeurs attentifs et sympathiques ; ça ne m'étonnerait pas. L'usage a beau être ancien, on éprouve toujours un certain embarras à commencer son sermon par : « Mes très chers frères, lorsqu'on n'aperçoit guère que des « très chères », et pour être éloquent, il ne faut pas que le début du discours soit embarrassé. Je vous demande pardon, monsieur, de ces réflexions. Ce qui est sûr, c'est que le petit bataillon de jeunes gens chrétiens est ma force, ma joie, ma consolation, mon orgueil : que le bon Dieu le protége, et qu'il croisse et augmente jusqu'à devenir une légion.

Vous devinez bien, monsieur, que vos protégés, Roberjeot et Saunier, sont l'âme de notre cercle. Saunier en est le président, Roberjeot le trésorier-secrétaire.

Le premier porte dans ses fonctions une prudence déjà consommée et une patience et une longanimité que j'admire d'autant plus, que, malgré mes cheveux gris, j'en suis fort éloigné. Roberjeot, lui, brille par le zèle et l'entrain. Vous voyez qu'ils se complètent l'un l'autre.

Depuis quatre mois, environ, ces deux jeunes gens dirigent l'exploitation agricole la plus importante du canton et peut-être de l'arrondissement. Leur association a eu beaucoup de peine à se former. De mémoire de notaire on n'avait pas vu la rédaction d'un bail arrêtée par des difficultés semblables. Saunier voulait que Roberjeot fût associé et Roberjeot ne voulait être qu'employé mis.

— Ah ! c'est comme cela, s'écria Saunier, eh bien ! écrivez, Monsieur le notaire, que Joseph Roberjeot aura pendant toute la durée du bail, trois mille francs d'appointements sans compter le logement, la table, et l'usage d'un tilbury.

Roberjeot, voyant cela, se décida à signer le bail comme associé, mais il ne voulut accepter

8

que le t'era des bénéfices. Il fallut que M. de Marnas intervint en déclarant qu'il voulait traiter avec Saunier et Roberjeot.

Tout le monde ici dit que ces jeunes gens marchent à grands pas à la fortune.

Saunier est un agriculteur de génie. Il fait pousser le gazon où de temps immémorial croissaient le thym et le serpolet. Ses terres à sarrazin se changent en terres à froment. Jusqu'aux châtaigneraies qu'il a réussi avec des amendements spéciaux, à convertir en champs de betteraves. Je lui fais la guerre sur ce dernier chapitre. C'est un de mes chagrins de voir nos belles châtaigneraies tomber sous la cognée. Mais un fermier doit viser à l'utile.

Roberjeot, lui, a la bosse du commerce. Il devine lorsqu'il faut vendre ou acheter; ce qui est, dit-on, tout le secret du négoce.

Il acheta, à la dernière foire de Saint-Christophe, deux bœufs, au prix de huit cents francs, et les vendit quinze jours après mille francs. Ainsi des vaches, veaux, porcs, moutons et volailles. Je craignais que ce brave garçon ne s'ennuyât et ne regrettât la vie parisienne. Il n'en est rien heureusement. Je le rencontrai il y a quelques jours, qui revenait dans son tilbury de la foire des Rochères.

— Monsieur le curé, me dit-il, en ôtant son chapeau et arrêtant son cheval, faites-moi l'honneur d'accepter une place dans mon véhicule.

— J'accepte, répondis-je, en montant dans le tilbury.

Il mit son cheval à un de ces petits trots qui n'empêchent pas de causer.

Nous causâmes.

— Eh bien ! Joseph, lui dis-je, vous ne vous ennuyez pas parmi nous?

Il me montra l'horizon en disant:

— Comment voulez-vous qu'on s'ennuie dans un pays pareil?

Nous étions sur le plateau de Villechenon. C'est un des sites les plus enchanteurs du centre de la France. Un immense horizon encadre cinq paroisses avec leurs bourgs, leurs villages, leurs hameaux disséminés au milieu des bois, des prairies et des guérets. Une belle rivière, plusieurs ruisseaux et trois étangs éclairent et égaient le paysage. Il est certain que le lieu doit séduire quiconque aime la campagne. Mais il y a des gens qui ne goûtent pas les beautés champêtres. Roberjeot, paraît-il, n'est pas de ce nombre, à en juger par les regards pleins d'admiration qu'il jetait du haut de son tilbury, vers les quatre point cardinaux.

L'ensemble ne lui faisait pas négliger le détail, et certain bourg nommé la Roche-Grêlée avait, je crois, sa grande part dans cette admiration.

« En sorte, dis-je, que vous ne regrettez pas Paris?

— Pardon, répondit-il gravement, monsieur le curé, je regrette d'y être allé.

Il ajouta après quelques instants de réflexion :

— Peut-être ai-je tort de parler de la sorte. Il est probable que je goûterais moins le tranquille bonheur dont je jouis, si je n'avais pas traversé l'existence fiévreuse et..... vicieuse de la capitale. Qu'on ne me parle plus de Paris. Vive la campagne! elle est saine au corps et à l'âme.

Vous comprenez, monsieur, que je n'essayai pas de le contredire.

Voici cinq jeunes gens de ma paroisse que Roberjeot a détournés d'aller à Paris en leur racontant les difficultés, les peines et les dangers de tous genres qu'il y a rencontrés. Si tous les provinciaux, — retours de la capitale, — rapportaient de pareilles impressions, votre population n'augmenterait pas, comme elle le fait, aux dépens de la nôtre. Il est vrai que l'exemple de Rozier, mort en maudissant Paris, aide beaucoup à l'éloquence de Roberjeot.

Veuillez, monsieur, me conserver votre bienveillance, et daignez agréer l'expression de mes respectueux et reconnaissants hommages.

VERNAC,
Curé-doyen de la Roche-Grélée.

———

Joseph Roberjeot à M. de Richemont, président du cercle catholique de X., à Paris.

La Roche-Grélée, 25 octobre 1877.

Monsieur,

Vous m'avez porté trop d'intérêt, même lorsque j'en étais le moins digne, pour que je ne me fasse pas un devoir de vous faire connaître un événement très considérable dans mon humble existence. Mon mariage est décidé avec Mᴵˡᵉ Saunier, ma cousine germaine, et la sœur de mon ami Paul Saunier, dont je vous ai parlé si souvent, et dont je vous ai montré plusieurs lettres. Paul Saunier lui, épouse ma sœur. La double bénédiction nuptiale est fixée au quinze du mois prochain. Permettez-moi, monsieur, de vous demander, pour ce jour-là, le secours de vos prières.

Quoique très peu partisan des mariages entre proches parents, M. le curé de la Roche-Grêlée approuve ces deux alliances. On a la bonté aussi, dans le pays, de les trouver assorties et convenables. Je trouve, moi, qu'on est très indulgent à mon égard, étant bien peu digne de la main d'une personne aussi parfaite sous tous les rapports que Mlle Saunier.

Ma mère et mon cousin iront, si vous le permettez, vous saluer vers la fin de la semaine prochaine. Il a été décidé, en conseil de famille, que les deux corbeilles de mariages seraient achetées à Paris. Cette décision a été prise contre mon gré. J'étais d'avis que toutes les emplettes fussent faites à Bourges. Ma mère, ma sœur, ma fiancée et mon cousin en ayant décidé autrement, j'ai dû me soumettre. Mais ce n'a pas été sans protester. Quelle manie d'aller chercher au loin ce qu'on a près de soi ! Si Paris doit habiller et parer toutes les Françaises, les tailleuses, les modistes et les bijoutiers de province, n'ont qu'à fermer boutique.

Ma sœur, ma cousine, ma mère elle-même, trouvent que je suis injuste envers Paris ; je trouve, moi, qu'elles parlent de ce qu'elles ignorent. Mais ce n'est pas le moment de discuter, d'autant que, quoique achetées à Paris, les corbeilles de mariage seront modestes et telles qu'elles conviennent à d'honnêtes filles campagnardes.

Ce qui sera moins modeste, c'est la noce ; elle durera trois jours, et cent quarante personnes au moins y seront invitées. Ainsi le veulent les coutumes du pays.

Pourquoi Paris est-il si loin de la Roche-Grêlée ! S'il n'en était qu'à vingt ou trente lieues et sur la ligne d'un chemin de fer, je vous supplierais de dérober un jour à vos occupations, pour venir nous honorer de votre présence. Il n'y faut pas compter malheureusement.

Daignez agréer, monsieur, avec la nouvelle expression de ma reconnaissance pour vos bontés et vos services, l'assurance de mes plus respectueux hommages.

JOSEPH ROBERJEOT.

M. de Richemont, aumônier du cercle catholique de X., à Paris, à Joseph Roberjeot, fermier à la Roche-Grêlée.

Paris, 1ᵉʳ décembre 1877.

Mon cher monsieur Roberjeot,

J'obéis au désir d'un moribond, peut-être d'un mort en vous écrivant.

Un des aumôniers de l'Hôtel-Dieu me fit avertir, avant-hier, que j'étais demandé par un jeune homme transporté dans cet établissement charitable, à la suite d'une tentative de suicide. J'accourus et j'eus la douleur de reconnaître dans le moribond, un commis nommé Cambournac, que vous fréquentiez assidûment pendant votre séjour à Paris.

Il me semble inutile d'entrer dans le détail des confidences que m'a faites ce malheureux jeune homme. Qu'il vous suffise de savoir que, poussé par le besoin et l'incrédulité, il a essayé de se brûler la cervelle : il n'a que trop réussi, puisque le médecin qui le soigne, déclare qu'il sera mort dans deux ou trois jours.

Heureusement, l'affreuse blessure qu'il s'est faite, lui a laissé sa parfaite connaissance et l'usage de la parole. Les exhortations de l'aumônier ont été entendues. Cambournac a reçu les derniers sacrements avec des sentiments de foi et de repentir qui ont édifié tous les assistants.

Il s'est souvenu des tentatives qu'il avait faites pour vous entraîner dans la voie du désordre et aussi, paraît-il, de quelques plaisanteries à mon adresse, plaisanteries assez innocentes, et que je lui pardonne de grand cœur. Ce malheureux jeune homme n'a laissé aucun repos à l'aumônier, que cet ecclésiastique ne m'eût écrit pour me prier de me rendre à l'Hôtel-Dieu.

Je suis chargé de vous faire ses excuses et de vous demander de prier pour lui après sa mort.

J'oubliais de vous dire qu'il m'a appris que Duron, son ami et le vôtre autrefois, a été condamné récemment à un an de prison, pour détournements dans le magasin de son patron. Il paraît que c'est principalement la passion du jeu qui l'a porté au vol.

Remerciez Dieu, mon cher monsieur Roberjeot,

qui n permis que vous sortiez sain et sauf des piè
ges de Paris où tant d'autres laissent la vie et
l'honneur.

Louis de RICHEMONT.

FIN DES LETTRES DE DEUX COUSINS.

TABLE

—

FIN DE LA TABLE.

LIMOGES — Imp. E. ARDANT et Cⁱᵉ.

Original en couleur

NF Z 43-120-8

www.ingramcontent.com/pod-product-compliance
Lightning Source LLC
Chambersburg PA
CBHW070759280626
47162CB00016B/1548